Charmed

Charmed

Zauberhafte Schwestern

Blutmond

Roman von
Wendy Corsi Staub

Aus dem Amerikanischen
von Christian Langhagen

vgs

Die Deutsche Bibliothek - CIP-Einheitsaufnahme

Charmed - zauberhafte Schwestern. - Köln : vgs
(ProSieben-Edition)
Blutmond : Roman / von Wendy Corsi Staub.
Aus dem Amerikan. von Christian Langhagen. - 2000
ISBN 3-8025-2751-8

Erstveröffentlichung bei Pocket Books, New York 2000
Titel der amerikanischen Originalausgabe: *Voodoo Moon*
von Wendy Corsi Staub

Das Buch »Charmed - Zauberhafte Schwestern;
Blutmond« von Wendy Corsi entstand auf Basis
der gleichnamigen Fernsehserie von Constance M. Burge
produziert von Spelling Television
ausgestrahlt bei ProSieben.

Lektorat: Robert Bijelić
Produktion: Wolfgang Arntz
Umschlaggestaltung: Sens, Köln
Satz: Kalle Giese, Overath
Druck: Clausen & Bosse, Leck
Printed in Germany
ISBN 3-8025-2751-8

1

PRUE KURBELTE die Fensterscheibe runter, steckte ihren Kopf hinaus ins Freie und funkelte den Fahrer des angeberischen schwarzen Sportwagens an, der unmittelbar hinter ihr stand. Der Kerl drückte wie irre auf die Hupe. Als ob das die schier endlose Schlange der im Stau stehenden Autos irgendwie in Bewegung setzten könnte.

»Nun komm schon, beweg dich, du alte Schachtel!«, blaffte sie der Fahrer an, ein Teenager, dessen cool nach hinten gedrehte Baseballkappe ihn als Fan der San Francisco Giants erkennen ließ.

Alte Schachtel? Ihre Augen verengten sich zu Schlitzen. Okay, sie war keine 18 mehr, aber bis zur »alten Schachtel« war es noch ein weiter Weg. Was für ein charmanter Typ.

Sie fragte sich, wie Mr. Nervensäge wohl reagieren würde, wenn sie ihm eine Kostprobe ihrer Kräfte geben würde. Ein platter Reifen würde den Burschen garantiert aufhalten. Nicht, dass er schon jetzt besonders weiterkam ...

Dann erinnerte sie sich an das, worauf sie und ihre beiden Schwestern sich geeinigt hatten: Keine Hexerei während des Urlaubs.

Und ihr Urlaub fing genau heute offiziell an – jedenfalls dann, wenn sie es noch rechtzeitig zum Flughafen schaffte.

»Warum hältst du nicht mal die Luft an?«, rief sie dem Krachmacher zu und deutete dabei auf die beiden vor ihnen liegenden Fahrbahnen, die sich unter der vom Himmel brennenden Juni-Sonne in einen Parkplatz verwandelt hatten. »Fällt dir vielleicht auf, dass sich hier niemand vom Fleck rührt?«

Er fixierte ihre Augen und drückte wieder auf die Hupe.

Na super. Prue kurbelte ihre Scheibe hoch und drehte das Radio voll auf, um sein wildes Gehupe zu überdecken.

Mit einem Blick in den Rückspiegel musterte sie ihre Erscheinung, fuhr sich mit einer Hand durch das lange, dunkle Haar und überprüfte ihre Zähne auf Lippenstiftreste.

Heute hatte sie einen helleren Ton als üblich aufgetragen – einen roten, der nicht nur wundervoll mit der Jacke harmonierte, die sie über der eng sitzenden schwarzen Hose trug, sondern der auch ganz vorzüglich zu den leuchtenden Farbtönen von New Orleans passte, jenem Ort, an dem sie noch irgendwann im Laufe des Tages anzukommen vorhatte.

»Guten Morgen, hier ist Deborah Wright mit dem Metro-Verkehrsbericht«, ertönte eine Stimme aus dem Radio. »Heute Morgen ist da draußen das reinste Chaos los.«

»Danke, Deb. Als ob ich das nicht mitbekommen hätte«, murrte Prue.

»Ein Auffahrunfall, in den mindestens vier Wagen verwickelt sind, sorgt derzeit für einen mehrere Kilometer langen Stau auf dem Weg zum Flughafen. Die Aufräumarbeiten laufen auf Hochtouren, aber wenn Sie heute noch eine längere Reise planen und pünktlich ankommen wollen, sollten Sie lieber Ihren fliegenden Teppich aus der Mottenkiste holen.«

»Den fliegenden Teppich?«, murmelte Prue. Sie starrte durch die Windschutzscheibe auf die beiden Autoschlangen. »Hmm.«

Ihr Blick fiel auf die Uhr im Armaturenbrett. Das Flugzeug würde erst in einer Stunde abheben, also blieb ihr noch ausreichend Zeit, um pünktlich am Flughafen einzutreffen. Wenn es denn hier endlich mal weiterginge ...

Oder wenn sie nur ein ganz wenig ihre besonderen Kräfte einsetzte.

Sie bräuchte sich nur zu konzentrieren und der Verkehr würde sich vor ihr teilen wie einst das Rote Meer vor Moses. Binnen kürzester Zeit wäre sie auf der Brücke. Eine verlockende Vorstellung, aber ...

»Auf gar keinen Fall«, wies sie sich selbst zurecht und griff nach ihrem Mobiltelefon. Sie, Piper und Phoebe hatten schon mehr als einmal die unerfreulich Erfahrung gemacht, dass sie ihre Kräfte nicht aus reiner Bequemlichkeit einsetzen durften. Jedes Mal, wenn sie es doch getan hatten, war der Schuss nach hinten losgegangen. Dieser Versuchung waren die drei Schwestern stets ausgesetzt gewesen, seit sie nach dem Tod ihrer Großmutter das »Buch der Schatten« auf dem Dachboden ihres viktorianischen Hauses in San Francisco entdeckt hatten.

Damals hatten Prue und ihre Schwestern herausgefunden, dass sie Hexen waren. Jede von ihnen besaß eine spezielle Begabung und wenn sie ihre Kräfte vereinten, gehörten sie zu den mächtigsten Hexen der Welt. Es war eine Schande, dass sie sich trotz ihrer Fähigkeiten immer noch mit so nervigem Zeugs wie Verkehrsstaus herumschlagen mussten.

Prue beschloss, Piper, die mittlerweile mit Phoebe am Flughafen angekommen sein musste, anzurufen und ihr von dem Stau zu berichten. Falls sie es tatsächlich nicht mehr rechtzeitig schaffen sollte, würde sie ihren Schwestern halt mit dem nächsten Flug zum Big Easy, wie New Orleans von den Einheimischen genannt wurde, folgen.

Sie schaltete ihr Mobiltelefon ein und begann die Nummer einzutippen. Als ihr klar wurde, dass sich nichts tat, runzelte sie die Stirn.

»Oh, großartig.« Eine blinkende rote Leuchtdiode wies darauf hin, dass der Akku leer war. Wütend warf sie das Handy auf den Beifahrersitz. Verflixt und zugenäht. Was für ein Anfang für den einwöchigen Urlaub, auf den sie sich schon seit Monaten gefreut hatte. Sie wollte doch nur für kurze Zeit allem entkommen – ihrem Job im Auktionshaus Buckland's, den Rechnungen, der schmutzigen Wäsche und dem ständigen Herumzaubern.

Ganz besonders dem ständigen Herumzaubern. Seit jenem Tag, an dem sie und ihre Schwestern beschlossen hatten, ihre Kräfte für den Kampf gegen das Böse einzusetzen und die Unschuldigen zu beschützen, waren sie praktisch auf Schritt und Tritt über böse Hexer gestolpert. Es schien, dass jedes Mal, wenn Prue sich umdrehte, eine weitere schreckliche Kreatur darauf lauerte, die Macht der Drei zu zerstören.

Prue wusste, dass ihre Schwestern ebenfalls völlig ausgebrannt waren, was auch der Grund für ihren Entschluss war, während des Urlaubs keine Magie einzusetzen. Nichts außer

Ruhe und jede Menge Spaß standen auf dem Plan. Sie schloss ihre Augen und stellte sich all die historischen Stätten und Jazzclubs vor, die sie in New Orleans besuchen wollte ...

Falls sie es je nach New Orleans schaffen würde.

»Okay, jetzt mache ich mir Sorgen«, erklärte Piper und starrte nach einem nervösen Blick auf ihre Uhr wieder den Flur des Flughafens entlang. Immer noch war von Prue nichts zu sehen.

»Wahrscheinlich ist sie längst hier und hat schon eingecheckt. Vielleicht gönnt sie sich gerade in irgendeiner Bar einen schönen Kaffee oder irgendwas in der Art«, schlug Phoebe vor. »Du kennst doch Prue. Sie kommt nie zu spät.«

»*Wir* sind aber viel zu früh hier«, erinnerte sie Piper. »Du hast dich schließlich die ganze Zeit auf dem Weg hierher darüber beschwert, dass du nicht noch ein Viertelstündchen weiter schlafen durftest.« Sie ging zur Fensterfront, um das Flugzeug anzusehen, das draußen aufgetankt und startbereit auf seine Passagiere wartete. Die letzten Koffer wurden gerade in die Frachträume verladen.

»Na ja, vielleicht ist Prue *noch* früher eingetroffen.«

»Nicht wenn sie heute früh bei Buckland's arbeiten musste. Mal ganz abgesehen davon, dass sie sich schon längst zu uns gesellt hätte, wenn sie hier am Flughafen wäre.« Sie wippte nervös auf und ab. »Wir müssen bald an Bord gehen.«

»Das muss man sich mal auf der Zunge zergehen lassen!«, grinste Phoebe. »Prue ist viel zu spät dran und ich bin nicht nur pünktlich hier, nein, ich habe auch alle Vorbereitungen und Reservierungen übernommen. Wenn ich nicht gewesen wäre, hätten wir niemals diesen Super-Sonderpreis für die Hotelzimmer bekommen ...«

»Weil du dem Typen am Telefon versprochen hast, mit ihm in New Orleans auszugehen!«, stellte Piper klar.

»Na und?« Phoebe zuckte mit den Schultern. »Dem Klang seiner Stimme nach sieht er aus wie Brad Pitt.«

»So was erkennst du an der Stimme?«

»Vertrau mir, Schwesterchen. Und wenn er nicht gerade die Wucht ist, geh' ich ihm einfach aus dem Weg.«

Aus den Lautsprechern der Flughafenansage kam ein leises Knacken und eine Stimme verkündete: »Abruf-Passagier Gabrielle Toussant, bitte melden Sie sich am Schalter.«

»Oh, nein!« Piper sah zu, wie eine hübsche junge Frau mit langem, gewelltem dunklem Haar in Richtung Schalter ging.

»Was stimmt denn nicht?«, fragte Phoebe. Sie holte einen Kaugummi aus ihrer Tasche und steckte ihn sich in den Mund.

»Sie rufen die Abrufpassagiere auf. Noch vor ein paar Minuten haben sie durchgegeben, der Flug sei belegt«, erklärte Piper mit grimmiger Stimme.

»Und?« Phoebe verstand immer noch nicht.

»Das bedeutet, dass diese Frau Prues Sitz bekommt.«

»Ich bin hier!«, ertönte eine Stimme aus Richtung Terminal. Piper drehte sich um. Prue!

Phoebe deutete hektisch auf die junge Frau, die das Bodenpersonal ansprechen wollte. »Piper, unternimm was, oder wir sitzen ohne Prue im Flugzeug!«

Piper hob schnell ihre Arme hoch.

Mit einem Mal stand die Zeit still.

Überall um sie herum waren die Menschen mitten in ihren Bewegungen eingefroren und standen geräuschlos wie Schaufensterpuppen da. Nur die Halliwell-Schwestern waren von Pipers Zeitgefrierzauber nicht betroffen.

Prue rannte zu ihren Schwestern herüber. »Warum hast du die Leute eingefroren? Hätte das Flugzeug gleich abgehoben?«

»Sie wollte sich gerade deinen Sitzplatz schnappen.« Piper zeigte auf die dunkelhaarige Frau, die nur zwei Schritte vom Schalter entfernt stand. Sie hatte ihren Mund bereits geöffnet und fixierte mit erwartungsvollem Blick die Angestellte. »Beeil dich.«

»Bin schon unterwegs.« Prue huschte an der anderen Frau vorbei und legte ihr Ticket in genau der Sekunde vor der Beamtin auf den Tresen, in der der Zeitzauber aufhörte.

Piper sah zu, wie die Angestellte verwirrt die Stirn runzelte, das Ticket betrachtete und dann zu Prue rübersah, die mit einem ruhigen, abgeklärten Lächeln etwas zu ihr sagte. Die Angestellte riss ein Stück des Tickets ab, ließ irgendeinen Stempel auf das Papier niederkrachen, gab es Prue zurück und griff dann wieder nach ihrem Mikrofon, um die Passagiere zu bitten, an Bord von Flug 159 nach New Orleans zu gehen.

»Oh, oh, sieh nur.« Phoebe stieß Piper an. »Gabrielle wie-auch-immer-sie-heißen-mag sieht nicht sehr glücklich aus, nicht wahr?«

»Glücklich? Sie hat gleich Schaum vor dem Mund«, bemerkte Piper trocken und trat einen Schritt näher, um zu hören, was am Schalter gesprochen wurde.

Die Angestellte sah angegriffen aus. »Es tut mir wirklich Leid, Ma'am«, entschuldigte sie sich, »aber es handelt sich um einen Irrtum. Es gibt keinen freien Sitz auf diesem Flug.«

»Aber Sie haben gerade meinen Namen aufgerufen!«, erinnerte Gabrielle die Frau. Die Frau biss sich auf die Lippen und überprüfte ihre Liste. Mit der Kappe ihres Stiftes tippte sie nervös auf die Namen der Fluggäste. »Alle Passagiere haben eingecheckt. Ich befürchte, wir haben keine freien Sitzplätze.«

»Na schön, dann finden Sie einen«, beharrte die junge Frau mit einem warnenden Leuchten in ihren weit aufgerissenen blauen Augen. »Ich muss diesen Flug unbedingt erwischen.«

»Es tut mir Leid, ich wollte Sie nicht ... ich meine, ich kann nicht einfach so einen freien Sitzplatz herbeizaubern«, erklärte die Schalterbeamtin. »Die Passagiere mit Tickets für die Reihen 35 bis 25, 35 bis 25, bitte begeben Sie sich an Bord«, verkündete sie über die Lautsprecheranlage und schaltete diese schnell wieder aus.

Piper glaubte, das Ende des Streitgesprächs sei nun gekommen, doch sie irrte sich. Die junge Frau ließ nicht locker. »Ich verlange, dass Sie etwas in dieser Angelegenheit unternehmen!«, forderte sie mit erhobener Stimme.

»Aber Ma'am ...«

»Das ist eine Unverschämtheit! Sie können nicht einfach einem Passagier sagen, er hätte einen Sitzplatz ...«

»Ich habe nicht gesagt, dass Sie einen Sitzpl ...«, protestierte die Angestellte.

»... und ihm den dann ohne Grund wieder wegnehmen«, schimpfte die Frau weiter. »Ich verlange eine Erklärung. Und ich werde diesen Flug nehmen. Verstehen Sie mich? Ja?«

»Mann, ich hoffe sie ist gegen Tollwut geimpft.« Phoebe flüsterte vorsichtshalber.

»Mir tut die Frau wirklich Leid«, flüsterte Piper zurück.

Gabrielle Toussant wirbelte herum und ging auf Prue los. »Und Sie!«, spuckte sie die Worte förmlich aus. Ihr Finger zeigte bedrohlich in Prues Richtung. »Wie können Sie es wagen, hier einfach aufzutauchen und mir meinen Sitzplatz zu stehlen?«

»Ich habe keine Ahnung, wovon Sie da reden«, erklärte Prue mit frostiger Stimme. »Ich habe niemandem den Sitzplatz gestohlen.«

»Ich wollte gerade an Bord gehen, als Sie hier aus dem Nichts aufgetaucht sind.«

Die ganze Szene machte Piper allmählich nervös. Das Letzte, was sie jetzt gebrauchen konnten, war, dass Gabrielle auf Prue losging – und dass Prue beschloss, sich zu verteidigen.

»Komm schon, Prue«, forderte Piper ihre Schwester mit leiser Stimme auf. Sie legte ihr die Hand auf den Arm. »Lass uns an Bord gehen.«

Die drei Schwestern gingen in Richtung Gangway. Piper linste über ihre Schulter und sah, dass Gabrielle Toussant wieder die Angestellte beschimpfte.

»Sie ist wirklich sauer«, stellte Prue fest.

»So sauer wie zwei Jahre alte Milch«, stimmte Phoebe ihr zu.

»Vergesst es«, schloss Piper den Vorfall ab. »Wir fliegen nach New Orleans. Kein Stress, keine Handys und ganz bestimmt ... keine Magie. Von jetzt an heißt es nur noch ausspannen.«

»Meine Damen und Herren, da wir in Kürze landen werden, bitten wir Sie, darauf zu achten, dass ihre Ablagen gesichert sind und sich Ihre Sitze in aufrechter Position befinden. Wir erreichen New Orleans in wenigen Minuten.«

»Na endlich, wird auch Zeit«, murmelte Phoebe der älteren Frau neben sich zu. »Ich dachte schon, wir würden hier ewig unsere Kreise ziehen.«

»Nun ja, Gewitterstürme, Sie wissen schon. Erlebt man hier unten sehr häufig«, antwortete die Frau mit singender Stimme.

»Dadurch sind wir zwei Stunden zu spät dran«, stellte Phoebe fest. Sie neigte ihren Oberkörper zur Seite, um aus dem Fenster auf den weit unter ihr liegenden Boden zu blicken. »Ich wünschte, ich wäre schon da.«

»Sie und Ihre Schwestern werden hier viel Spaß haben«, versicherte ihr die Frau. »Das geht jedem so. Wenn Ihnen der Sinn nach ein paar schönen Stunden steht, schauen Sie im ›N'Awlins‹ vorbei.«

Klar, in dem Bereich kennen Sie sich richtig gut aus, dachte Phoebe und betrachte die schneeweiße Dauerwelle, die Großmutterbrille und die orthopädischen Schuhe ihrer Sitznachbarin.

Sie schielte über den Gang zu ihren Schwestern hinüber. Prue war in ein furchtbar langweilig aussehendes historisches Buch vertieft und Piper hielt das Notizbuch mit den Rezepten umklammert, von dem sie behauptete, es sei zu wertvoll, um das Risiko einzugehen, es beim Gepäcktransport zu verlieren.

Piper war vor allem nach New Orleans gekommen, weil sie hoffte Remy Fortier zu treffen, den für seine kreolische Küche berühmten Chefkoch. Sie wollte versuchen, ihm ein paar seiner geheimen Rezepte abzuschauen. Prue dagegen, die auf Geschichte abfuhr, wollte durch zahlreichen Museen streifen und die Vergangenheit der Stadt erkunden. Trotzdem war sich Phoebe sicher, dass sie eine Menge Spaß miteinander haben würden. Es würde ihre Aufgabe sein, dafür zu sorgen, dass sie neben den Ausflügen in die Museen und feinen Restaurants der Stadt auch jede Menge Clubs kennen lernten und so richtig abfeierten. Schließlich stand New Orleans in dem Ruf, die Party-Stadt schlechthin zu sein.

»Sehr geehrte Damen und Herren, wir heißen Sie herzlich

willkommen auf dem New Orleans International Airport. Bitte bleiben Sie solange angeschnallt, bis das Flugzeug zum vollständigen Stillstand gekommen ist und der doppelte Signalton ertönt.«

Phoebe blickte aus dem Fenster und sah einen arg bewölkten Himmel.

Regentropfen trommelten gegen das Glas. Der hiesigen Zeitrechnung nach war es gerade mal Nachmittag, aber angesichts der düsteren Atmosphäre hätte es auch ebenso gut die Abenddämmerung sein können.

»Ich wünsche Ihnen einen schönen Aufenthalt, meine Liebe«, verabschiedete sich die alte Frau. »Sie werden bestimmt eine Menge Spaß haben. Das ›N'Awlins‹ ist einfach magisch. Alles Gute.«

Magisch? Tut mir Leid, Omi, aber Magie ist diese Woche nicht angesagt. Phoebe schüttelte mit entschlossenem Gesichtsausdruck den Kopf.

»Wir sind zwei Stunden zu spät dran«, stellte Prue mit besorgter Stimme fest, während sie ein paar Minuten später am Gepäckband auf ihre Koffer warteten. »Und was, wenn wir kein Taxi finden?«

»Bleib locker, Prue«, forderte Phoebe ihre Schwester auf. Sie fragte sich, wann das rotierende Kofferkarussell endlich ihre Reisetasche herausrücken würde. »Ich habe alle Vorbereitungen getroffen. Das Hotel hat versprochen, dass ein Taxi auf uns warten würde.«

»Prima. Hast du auch gefragt, wie lange das Taxi wartet, falls unser Flug Verspätung hat?«

»Nein, aber es steht hier bestimmt irgendwo herum und wartet auf uns.«

Sie war sich wirklich sicher. Genau deshalb war sie auch wenig später aufrichtig enttäuscht – und entsetzt – als sich herausstellte, dass dem nicht so war.

»Okay, Phoebe, und was jetzt?« Prues Frage kam etwas schnaufend, da die beiden Taschen, die sie sich über die Schultern gehängt hatte, nicht gerade wenig wogen.

»Ich rufe einfach das Hotel an und wir finden's heraus«, erklärte Phoebe ihren Plan und steuerte auf ein nahe gelegenes Kartentelefon zu.

Piper blieb etwas zurück und zerrte an ihrem Koffer, dessen Räder blockierten. Phoebe wusste, dass der Koffer mindestens eine Tonne wiegen musste. Sie war nämlich diejenige gewesen, die dieses Monstrum daheim ins Auto gewuchtet hatte.

Prue fuhr fort: »Oh, und frag auch gleich, welche Aussicht unsere Zimmer haben. Das würde mich ...«

»Ich sag dir was.« Phoebe überreichte ihrer Schwester die Nummer, die sie vor der Abreise in weiser Voraussicht auf ein Stück Papier gekritzelt und in ihre Hosentasche gesteckt hatte. »Du rufst an.«

»Na schön.« Prue schnappte sich den Zettel mit der Telefonnummer.

Piper hatte endlich aufgeholt und setzte sich total ermattet auf das Objekt ihrer Mühe, während Prue die Tasten drückte.

»Ich bin so was von erledigt und wir sind gerade mal angekommen«, klagte sie Phoebe ihr Leid.

»Ist ja auch kein Wunder, wenn du dieses Ungetüm durch die Gegend zerrst«, stellte Phoebe fest. »Ich meine, mit den ganzen Klamotten kommst du locker bis zum nächsten Mardi Gras aus.«

»Und wenn schon, es war eine kluge Entscheidung, denn du wirst dir mit ziemlicher Sicherheit alles ausleihen wollen«, schoss Piper zurück und betrachte Phoebes geradezu niedlich schmächtiges Reisetäschchen. »Ich kenne dich, Phoebe. Du hast bloß ein T-Shirt, eine Shorts, einen Badeanzug und eine Zahnbürste eingepackt.«

»Hey, ich mache schließlich Urlaub. Was brauche ich denn sonst noch?«, fragte Phoebe und versuchte, sich daran zu erinnern, ob sie wirklich eine Zahnbürste eingepackt hatte.

»Psst!«, machte Prue und winkte mit ihrer Hand. Sie hielt den Hörer an ihr Ohr und runzelte die Stirn. »Was meinen Sie damit, es liegt keine Buchung vor?«

»Oh, oh«, machte Piper und warf Phoebe einen besorgten Blick zu. »Das klingt gar nicht gut.«

»Könnten Sie bitte nochmal nachsehen? Es heißt Halliwell. H... ja, ich weiß, ich habe den Namen schon mal buchstabiert.« Prue wurde allmählich ungeduldig. »Und ja, ich weiß, dass Sie schon einmal nachgesehen haben, aber bitte überprüfen Sie es noch ein letztes Mal. Der Name muss da stehen.« Phoebes Herz schlug etwas leiser als sonst, als ihre Schwester nach dem Einhängen zuerst den Hörer anstarrte und dann sie.

»Es liegt keine Buchung auf unseren Namen vor«, stellte Prue fest.

»Für das Taxi?«, fragte Phoebe.

»Für die Zimmer.«

»Aber ich habe sie schon vor Monaten reserviert.«

»Hast du dir eine Bestätigung schicken lassen?«

»Nein«, gab Phoebe zu. »Aber Leute, hey, das ist doch kein Beinbruch«, fügte sie schnell hinzu. »Wir buchen einfach ein paar andere Zimmer.«

Prue warf ihr einen vernichtenden Blick zu. »Das Hotel ist ausgebucht, Phoebe. Derzeit findet hier in der Stadt ein großes Treffen von Basketballkartensammlern statt.«

»Und wenn schon. Dann versuchen wir es halt bei einem anderen Hotel. Ich hatte eh nicht vor, lauter abgedrehte Sportfreaks um mich zu haben.«

»Wir können von Glück reden, wenn wir irgendwo ein Zimmer finden«, stellte Prue mit einiger Schärfe in ihrer Stimme fest.

Manchmal hat sie eine wirklich herrlich positive Einstellung, dachte Phoebe. »Oh, kommt schon.« Sie weigerte sich hartnäckig, in Panik auszubrechen. »Dies ist eine große Stadt. Hier muss es Dutzende von Hotels geben.«

»Aber man kann nicht einfach ohne Reservierung auftauchen und davon ausgehen, dass man auf den letzten Drücker ein Zimmer abstauben kann, wenn ...«

»Ich bin nicht einfach aufgetaucht und davon ausgegangen, dass ich auf den letzten Drücker ein Zimmer abstauben kann. Ich habe unsere Zimmer reserviert!«, fuhr Phoebe ihr dazwischen.

»Und warum haben sie dann bitte schön unsere Namen nicht auf der Liste?«, wollte Prue wissen.

»Hey!«, rief Piper und stellte sich zwischen die Streithähne. »Das hilft uns nicht weiter.« Sie nahm drei Broschüren aus einem Aufsteller, die »Unterbringungsmöglichkeiten in New Orleans« versprachen und überreichte ihren Schwestern jeweils ein Exemplar. »Wer ruft zuerst an?«

Eine Stunde später sahen sie einander müde an. Sie hatten jedes Hotel in New Orleans angerufen und dabei nicht ein einziges freies Zimmer auftreiben können.

»Nun seht mich nicht so an«, bemühte sich Phoebe um eine positive Sicht der Dinge. »Die Lage ist nicht so schlimm wie sie scheint.«

»Und ob sie das ist«, sah Piper ihre Situation schon weitaus negativer. »Wir sind in einer fremden Stadt.«

»Und wir haben keine Ahnung, wo wir übernachten können«, fügte Prue hinzu.

»Hey«, ein Lächeln stahl sich auf Phoebes Gesicht. »Vielleicht können wir unsere Kräfte benutzen, um ...«

»Nein!«, schnitten Piper und Prue ihr gleichzeitig das Wort ab.

»Kein Magie, erinnerst du dich? Wir sind im Urlaub«, hielt Piper ihrer Schwester vor.

»Was bringt uns das, wenn wir wieder nach Hause fliegen müssen, weil wir hier keine Unterkunft haben«, murrte Phoebe.

»Seht es doch mal von der positiven Seite«, munterte Piper ihre Schwestern mit einem dünnen Lächeln auf. »Sehr viel schlimmer kann unsere Situation nicht mehr werden.«

»Großartig, ihr seid noch hier!«, rief eine Stimme von jenseits des Gepäckbandes.

Phoebe erblickte eine vertraute Gestalt mit langen, dunklen Haaren, die auf sie zu steuerte. »Leute«, erklärte sie, »die Situation ist gerade sehr viel schlimmer geworden!«

2

PRUE DREHTE SICH UM und bemerkte eine auffallend hübsche junge Frau mit langem, dunklem Haar. Großartig. Die Wahnsinnige vom Flughafen. Sie warf ihren Schwestern einen viel sagenden Blick zu, den Piper und Phoebe mit einem vorsichtigen Stirnrunzeln in Richtung der herannahenden Gabrielle Toussant erwiderten.

»Wir sollten die Beine in die Hand nehmen«, flüsterte Piper, die keine Lust hatte, das Streitgespräch fortzuführen.

»Oh, komm schon«, hielt Prue dagegen. »Sie wird uns schon nichts antun.«

»Ja, und selbst wenn sie es versucht, steht es immer noch drei zu eins – die Macht der Drei ist schließlich nicht zu verachten«, machte sich Phoebe Mut, während Gabrielle nun fast schon bei ihnen angekommen war.

»Ich bin so froh, dass ich euch noch erwischt habe«, jauchzte die junge Frau in ihrem melodischen Akzent. »Ich habe einen freien Platz im darauf folgenden Flug bekommen. Mensch, ich dachte, ihr wärt schon längst in der Stadt.«

Prue blinzelte. Also würde die Frau diesmal keinen Anfall bekommen? Die litt aber unter Stimmungsschwankungen.

»Wir wären auch schon längst in der Stadt«, begann Prue vorsichtig und immer noch in Erwartung einer Szene, »aber unser Flug hatte zwei Stunden Verspätung. Wir saßen in der Warteschleife fest.«

»Mein Name ist Gabrielle Toussant«, stellte sich die Frau vor. »Es tut mir schrecklich Leid, was in San Francisco vorgefallen ist. Ich habe völlig überreagiert, als ich nicht in den Flieger gekommen bin. Entschuldigen Sie bitte.«

»Kein Problem.« Prue wollte die Angelegenheit nicht weiter ausbreiten. Sie war sich nicht sicher, welche nun die wahre Gabrielle war – der Schreihals in San Francisco oder deren netter Zwilling. Und eigentlich hatte sie auch gar keine Lust, das herauszufinden.

»Ich musste unbedingt nach Hause fliegen wegen einiger Familienprobleme«, erklärte Gabrielle. »Aber hört mal, vielleicht kann ich meinen kleinen Schnitzer ausbügeln.«

»Das ist wirklich nicht nötig«, fing Prue an.

»Wir sitzen eh bald im nächsten Flieger Richtung Heimat«, fügte Piper mit nicht zu überhörender Resignation hinzu.

»Was? Warum denn das?«, fragte Gabrielle.

»Es gab da einen ziemlich unschönen Kuddelmuddel mit unseren Hotelreservierungen«, erklärte Phoebe ihre missliche Lage. »Ich habe zwar eigentlich alles klar gemacht, aber das Hotel hat's vermasselt – und jetzt findet hier eine große Veranstaltung statt, wegen der alle Zimmer in New Orleans ausgebucht sind. Und schon sind die Ferien vorbei.«

»Also fliegt ihr wieder zurück?« Gabrielle mochte das Gehörte kaum glauben. »Ihr solltet euren Urlaub nicht einfach abbrechen. Wenn es euch nichts ausmacht, außerhalb der Stadt zu wohnen, wüsste ich da einen großartigen Ort.«

»Wie weit außerhalb der Stadt«, erkundigte sich Prue.

»Gar nicht so weit. Zwei Freunde von mir, Kane und Daphne Montague, bieten Übernachtungen mit Frühstück an, am Bayou drüben in Albertine. Ich rufe sie für euch an. Sie haben gerade ein wunderschönes altes Plantagenhaus renoviert. Da sind bestimmt ein paar Zimmer frei.«

»Mach dir bitte keine Mühe ...«, wollte Prue gerade widersprechen, aber Gabrielle winkte ab und ging flott hinüber zum Kartentelefon. »Nun stellt euch mal nicht so an.«

Prue sah ihr mit gemischten Gefühlen hinterher. Sie vertraute dieser Frau immer noch nicht so ganz. Andererseits ... vielleicht wäre es doch ganz nett, in einem alten Plantagenhaus zu übernachten. Und die Vorstellung, den Urlaub schon jetzt abzubrechen, wo er noch gar nicht richtig angefangen hatte, gefiel ihr überhaupt nicht.

»Geht klar!«, verkündete Gabrielle ein paar Minuten später. Während sie weitersprach, kritzelte sie etwas auf ein Blatt Papier. »Drei Zimmer im Montague-Haus warten bereits. Dummerweise fahren um diese Uhrzeit keine öffentlichen Verkehrsmittel mehr. Könnt ihr ein Auto mieten? Ich hab' euch hier die Wegbeschreibung aufgeschrieben.«

Prue sah sich die Wegbeschreibung aufmerksam an. »Kein Problem«, antwortete sie und schenkte Gabrielle ein dankbares Lächeln. Sie fühlte sich wegen ihrer wenig freundlichen Gedanken ein bisschen schuldig. »Vielen Dank. Du hast gerade unseren Urlaub gerettet. Wir stehen in deiner Schuld.«

»Ach, ihr schuldet mir nichts«, sagte Gabrielle freundlich. »Ihr seid schließlich im gastfreundlichen Süden. Bei uns in Louisiana sollen sich alle wohl fühlen.«

»Dürfen wir dich dann wenigstens mal zum Essen einladen?«, wollte auch Piper sich erkenntlich zeigen. »Im ›Remy's‹. Hast du da schon mal gegessen?«

»Klar, schmeckt wirklich unglaublich!«, grinste Gabrielle. »Alles klar, dann gehen wir also mal im ›Remy's‹ essen.«

Prue dachte an das Nächstliegende. »Und wie können wir dich erreichen?«

Gabrielle öffnete ihren braunen Lederbeutel und kramte eine Visitenkarte hervor. »Hier, unter dieser Adresse erreicht man mich meistens. Ruft mich einfach auf der Arbeit an und wir machen einen Zeitpunkt ab. Würdet ihr mich entschuldigen? Ich muss jetzt wirklich los.« Gabrielle düste in Richtung Ausgang davon.

»Die ist ja doch ziemlich cool«, urteilte Phoebe.

»Seht ihr? Es geht auch ohne Magie«, stellte Piper fest.

Prue starrte lange auf Gabrielles Visitenkarte und kommentierte: »Vielleicht nicht ganz ohne Magie.«

»Was soll das heißen?«, fragte Piper.

»Vielleicht ist es ja nur ein Zufall ... aber seht mal, wo sie arbeitet.« Prue hielt ihren Schwestern die Karte entgegen und deutete auf die aufgedruckten Worte:

Jackson Square Voodoo Museum. Gabrielle Toussant, Kuratorin.

»Seid ihr sicher, dass dies die richtige Straße ist?«, fragte Prue ihre Schwestern. Sie wischte sich einen Schweißtropfen von der Augenbraue und lenkte den Mietwagen einen schmalen gepflasterten Weg entlang.

Sie war dankbar dafür, dass der Regen aufgehört hatte und sich nunmehr die Sonne am Himmel zeigte. Zunächst waren sie an ausgedehnten Reis- und Zuckerrohrfeldern vorbeigefahren. Nun, da sie der Weg tief in die Bayous geführt hatte, war die Straße mit Schatten gesprenkelt und zu beiden Seiten mit Büschen, Stauden und tief hängenden, mit Moos bewachsenen Bäumen dicht gesäumt.

»Dies ist todsicher der richtige Weg«, beharrte Phoebe, die im Beifahrersitz saß und die Karte las.

Piper, die es sich auf dem Rücksitz gemütlich gemacht hatte, wollte Gewissheit. »Phoebe, lass mich mal auf die Straßenkarte gucken.«

»Warum? Vertraust du mir etwa nicht?«. Zögerlich rückte Phoebe die Straßenkarte raus.

Prue seufzte und fummelte an der Klimaanlage herum. Sie arbeitete zwar auf Hochtouren, aber in dem Wagen herrschte trotzdem eine Temperatur wie in einem Backofen.

Das hast du nun davon, dass du im Juni nach Louisiana reist, ermahnte sie sich selbst. Man sollte meinen, dass mir die Abwechslung von all den kühlen Sommertagen in der Bay Area gefallen würde.

»Warte mal! Bieg da ab, Prue«, rief Piper plötzlich.

»Wo?« Prue trat auf die Bremse und blickte sofort in den Rückspiegel. Zum Glück fuhr kein anderes Fahrzeug hinter ihnen. Wenn sie so überlegte, fuhr schon seit einigen Kilometern niemand hinter ihnen. Schwelgerisch schöne Landschaftsimpressionen waren eine Sache, aber wie weit von der Zivilisation entfernt lag ihre Unterkunft?

»Da.« Phoebe deutete auf ein recht alt aussehendes, kleines Schild am Straßenrand. Nur mit einiger Mühe konnte sie die abblätternde Schrift entziffern. »Laut dem Schild liegt in der Richtung Gespard, die Stadt, in die wir wollen.«

Prue bog auf die Straße nach Gespard ein und konnte kaum

glauben, was sie sah: Der Weg wurde noch schmaler und schattiger.

»Sehr einladend«, kommentierte Prue trocken. Wenige Minuten später lichteten sich die Bäume und gaben den Blick auf einige verfallene Holzhütten frei, die sich auf morsch wirkenden Holzstämmen über den Boden erhoben.

»Die Stelzen sollten die Hütten davor bewahren, beim Ansteigen des Bayous überschwemmt zu werden«, las Phoebe ihren Schwestern aus einem Reiseführer vor. »Glaubt ihr, unsere Unterkunft sieht auch so ... na ja, luxuriös aus?«

»Vielleicht rächt sich Gabrielle ja auf diese Weise an uns«, unkte Piper. »Indem sie uns zu einer absoluten Bruchbude schickt.«

Sie kamen an ein paar Gebäuden vorbei: einer Tankstelle, einem Lebensmittelladen und einer kümmerlichen Mischung aus Stadthalle und Postgebäude, die aus wenig mehr bestand als aus einer Baracke mit einer Flagge auf dem Dach.

»War das etwa die ganze Stadt?« Prue wartete gar nicht erst auf die Antwort und nahm den Fuß vom Gaspedal, da sie an einer Straßengabelung angekommen waren.

»Das war sie«, bestätigte Phoebe die Befürchtung ihrer Schwester, nachdem sie die Kritzeleien von Gabrielle erneut studiert hatte. »Hier sollst du links abbiegen.«

»Aber das ist ein unbefestigter Sandweg. Das kann doch nicht stimmen.« Prue blickte mit sorgenvoller Miene hinaus ins trübe Nachmittagslicht.

»So hat es Gabrielle aber aufgeschrieben«, beharrte Phoebe.

Prue setzte den Wagen wieder in Bewegung und fuhr auf den Sandweg. Nach ein paar Minuten murmelte Prue erneut: »Hier stimmt etwas nicht.«

Sie erwischten ein Loch im Asphalt und wurden kräftig durchgeschüttelt.

»Ich habe plötzlich so ein ganz mieses Gefühl in der Magengegend«, verkündete Phoebe und setzte sich auf. »Ihr hättet mir wirklich erlauben sollen, das *Buch der Schatten* mitzunehmen.«

»Auf gar keinen Fall.« Prue schüttelte ihren Kopf energisch. »Wir können es nicht einfach in den Urlaub mitnehmen und im Hotelzimmer herumliegen lassen. Es muss sicher aufbewahrt werden, und das heißt, dass es bei uns zu Hause auf dem Dachboden bleibt.«

»Und davon mal ganz abgesehen, zum hundernsten Mal, wir wollen den Urlaub nutzen, um von allem mal so richtig auszuspannen. Und das heißt, ganz besonders von der Magie«, erinnerte Piper Phoebe. »Das Schlimmste, was uns passieren kann, ist es doch, auf einen garstigen Hexenmeister zu treffen, während wir eigentlich nur einen friedlichen Urlaub verleben wollen.«

»Das weiß ich doch«, gab Phoebe zu. »Aber ich würde mich einfach sicherer fühlen, wenn wir das Buch hier hätten. Falls wir mal einen Zauberspruch brauchen, könnten wir sofort nachschlagen.«

»Wir sind doch bislang auch ohne Zaubersprüche ganz gut ausgekommen, nicht zuletzt dank Gabrielle«, schloß Prue die Diskussion ab.

»Hey, was ist das da«, rief Piper erstaunt aus.

Prue sah in die Richtung, in die Pipers ausgestreckter Arm wies, und erblickte ein anmutiges altes Plantagenhaus, das durch einige Bäume von der Straße abgegrenzt wurde.

Der Anblick war atemberaubend.

Das ausgedehnte Haupthaus thronte auf weißen Pfeilern und war mit vielen hohen Fenstern geschmückt. Eine lang gezogene Veranda, die von einem mächtigen, mit Eisen beschlagenen Geländer umrandet wurde, stand dem Haus vor. Saftig grüner Rasen erstreckte sich zu allen Seiten rund um das Gebäude und gesellte sich zu einigen imposanten, altehrwürdigen Eichen, die wie Wächter rechts und links von dem Bauwerk standen und mit Moos bewachsen waren. Ein paar Blumenbeete waren zu Füßen der Veranda von kundiger Hand angelegt worden und die dort beheimateten Gewächse erblühten in exotischen, hellen Farben.

Phoebe schüttelte ihren Kopf. »Das kann doch nicht ...«

»Kann es wohl! Das ist das Haus der Montagues!« Prue hatte ein handgemaltes Schild erspäht, auf dem der Name des Hausbesitzers stand.

»Es ist wirklich wunderschön«, keuchte Piper.

»Vielleicht wird es ja doch ein netter Aufenthalt«, stimmte Prue ihr zu. Sie lenkte den Wagen die Auffahrt in Richtung Haus, stellte ihn dann aus und öffnete ihre Tür. Sofort brach eine Welle dampfend heißer Luft über sie herein. »Mann, ich schätze, die Kimaanlage hat doch funktioniert.« Sie stieg aus und machte ein paar Dehnübungen. »Ganz schön heiß hier draußen.«

»Dafür wird es in den Zimmern bestimmt angenehm kühl sein«, verlieh Piper ihrer Hoffnung Ausdruck. Sie schnappte sich ihr Gepäck aus dem Kofferraum.

»Was denkst du, Phoebe?«, wandte sich Prue an ihre Schwester.

»Es ist ... hübsch.« Phoebe beäugte das Haus vorsichtig.

Ganz wie du meinst, dachte Prue. Sie griff sich ihre Tasche und ging entschlossen die Stufen zur Vordertür hinauf, Piper und Phoebe im Schlepptau. Ihr fielen die roten Kacheln auf dem Boden auf, die von der Decke hängenden Blumentöpfe und die gleichermaßen pittoresken wie antiken grünen Weidenschaukelstühle, die allesamt traumhaft miteinander harmonierten. Von dem Ort ging eine sehr angenehme Atmosphäre aus, und sie hatten noch nicht einmal das Innere des Gebäudes betreten. Prue konnte es gar nicht erwarten, die Räumlichkeiten zu sehen. Vermutlich waren sie nicht weniger wundervoll.

Sie zog an der altmodischen Türklingel.

Die Tür wurde praktisch sofort geöffnet und gab den Blick auf einen der bestaussehendsten Kerle frei, den Prue je gesehen hatte.

Wow. Das ist ja ein Traum von einem Mann, dachte sie erfreut. Da er kein T-Shirt trug, konnte sie seine breiten Schultern und seinen muskulösen Oberkörper bewundern. Die von der Sonne gebleichten Haare und die Bräune seiner Haut rundeten das Bild ab. Prue fiel ein Werkzeuggürtel auf, den er sich um seine verwaschenen Jeans gewickelt hatte. Was für ein Mann.

»Ich habe ihn zuerst gesehen«, murmelte sie.

»Denkste«, widersprach Piper mit ihrem strahlendsten, zähnezeigendsten Lächeln.

»Sind Sie … sind Sie Kane Montague?«, fragte sie mit unnatürlich schüchterner Stimme.

Er lachte. »Nein, mein Name ist Randy Claudel. Ich bin hier der Gärtner und das Mädchen für alles. Kane und Daphne haben diese Bude renoviert und ich habe ihnen dabei geholfen. Nun kommt schon rein. Kane und Daphne erwarten euch in der Bücherei.«

Prue lächelte. Wenn dieser Typ hier anzutreffen war, sahen die Dinge schlagartig deutlich vielversprechender aus.

Sie wechselte einen Blick mit ihren Schwestern, während sie die Türschwelle passierten und ein erfreulich kühles Foyer betraten. Prue wusste, dass sie alle drei an dieselbe Sache dachten: Randy Claudel war definitiv einen zweiten Blick wert.

Er führte sie zu einer mächtigen Schiebetür, die direkt neben einer breiten, geschwungenen Treppe lag. Prue sah sich staunend die Inneneinrichtung an. Dieses Haus war ein architektonischer Traum. Feine Hartholzplanken lagen zu ihren Füßen. Die Nachmittagssonne brach durch bis zur Decke reichende Fenster, die mit Gardinen aus dunkelgrünem Brokat zugezogen werden konnten. Die Räume waren mit antiken, vermutlich um die Jahrhundertwende entstandenen Möbeln ausgestattet, die tatsächlich echt waren, wie Prue mit geübtem Auge bemerkte. Mächtige Palmen sorgten für ein sehr natürliches Ambiente und ihre Blätter raschelten leise im Windzug, den die hoch oben an der Decke gelegenen Lüftungsschächte erzeugten.

»Kane? Daphne?« Randy klopfte sanft gegen die Glastür, die einen Spalt weit offen stand. »Eure Gäste sind hier.«

»Bitte kommen Sie herein«, ertönte eine weibliche Stimme.

Prue und ihre Schwestern traten in einen großen Raum.

Weiße Bücherregale standen gegen rot tapezierte Wände gelehnt und einige antike Sofas, Stühle, Tische und Lampen waren im Raum verteilt. Ein enormer Schreibtisch aus Mahagoni stand in einer Ecke, direkt vor einem breiten Fenster, von dem aus man in den Garten sehen konnte.

»Ich bin Kane Montague«, erklärte eine tiefe Stimme.

Prue, die ihre Aufmerksamkeit gerade einem atemberaubenden impressionistischen Gemälde widmen wollte – einem sehr wertvollen Original, wenn sie sich nicht sehr irrte – bemerkte einen Mann mittleren Alters, der nun vor ihnen stand. Seine Körpergröße übertraf sogar die von Randy, wobei er aber nicht sonderlich muskulös wirkte, sondern eher dünn. Schlank wäre auch ein guter Ausdruck für seine Erscheinung gewesen. Er hatte nachtschwarze Augen und schwarzes Haar, das um die Schläfen ein paar graue Strähnen aufwies. Die leichten Geheimratsecken waren für sein Alter angemessen.

»Und ich bin Daphne«, verkündete die Frau neben ihm.Es war eine schöne, rothaarige Frau mittlerer Größe. Ihr Gesicht war perfekt geschminkt und ihr Haar hatte einen modischen Kurzhaarschnitt.

Prue stellte sich und ihre Schwestern vor.

Dann meldete sich Randy, der in der Tür gestanden hatte, zu Wort: »Falls ihr noch irgendetwas braucht, ruft mich einfach.« Damit verschwand er wieder im Flur.

»Er wirkt ... sehr nett«, bemerkte Prue recht unbeholfen.

Daphne Montague lachte. »Ist *nett* wirklich das Wort, das Ihnen bei seinem Anblick eingefallen ist?«

Phoebe grinste. Ihre Wangen färbten sich leicht rosa.

Daphne lachte aus tiefster Seele. »Glauben Sie mir«, erklärte sie ihren Gästen, »Sie sind nicht die ersten weiblichen Gäste, denen Randy in dieser Weise aufgefallen ist. Seiner Ausstrahlung kann sich kaum eine Frau entziehen.«

»Wir haben gerade etwas eisgekühlten Tee genossen.« Kane sprach mit einem Akzent, den Prue als tiefen Patois erkannte, jenen Akzent, der für diesen Teil Louisianas typisch war. In einem ihrer Reiseführer hatte sie gelesen, dass Patois einen uralten französischen Zungenschlag mit einigen Brocken Spanisch, Deutsch und Afrikaans vermischte.

»Ein kühles Getränk ist in der Nachmittagshitze eine solche Wohltat«, erklärte Daphne. Ihr Akzent verriet, dass sie in einem anderen Teil der Südstaaten aufgewachsen war.

»Eigentlich ist es hier drinnen viel kühler als draußen«, meinte Piper mit Blick auf die geöffneten Fenster. »Dabei sehe ich nicht mal eine Klimaanlage.«

»Das Haus wurde vor über 200 Jahren errichtet«, erklärte Daphne. »Die Wände sind dick und halten so die Hitze fern. Und wir haben in allen Zimmern auf Deckenhöhe Lüftungsschächte eingebaut.«

»Wir möchte unseren Gästen einen möglichst originalgetreuen Aufenthalt gewähren«, erzählte Kane Montague. »Ich bin mir sicher, dass Ihnen unsere Räumlichkeiten sehr zusagen werden. Soll ich Ihnen nun die Zimmer zeigen oder möchten Sie sich vielleicht bei einem Glas Eistee zu uns gesellen?«

»Der Eistee klingt ganz wunderbar«, antwortete Piper schnell. »Ist das frische Minze?«

Daphne lächelte und nickte. »Das haben Sie an der Form der Blätter erkannt?«

»Ich bin professionelle Köchin, um ehrlich zu sein«, entgegnete Piper.

»Dann werde ich Yvonne bitten, uns noch etwas Tee zu bringen. Sie ist unsere Haushälterin und Köchin. Sie ist eine wahre Freude, obwohl man mit ihrem akadischem Akzent schon so seine Schwierigkeiten haben kann. Aber mit der Zeit ...« Daphne ging zur Tür und rief laut nach der Haushälterin.

»Akadischer Akzent?« Phoebe blickte fragend zu Prue hinüber.
»Eine Art Cajun«, erklärte diese. »Die Akzente sind sich ziemlich ähnlich. Sie werden beide hier in den Bayous gesprochen.«

Wenige Augenblicke später betrat eine kleine Frau den Raum, die sich eine Schürze um die Hüften gebunden hatte. Bei ihr handelte es sich um eine jener Frauen, bei denen es nahezu unmöglich war, ihr Alter zu erraten. Prue schätzte, dass es irgendwo zwischen 50 und 80 Jahren anzusiedeln war. Ihre

Haut war dunkel und faltig, was aber durchaus auch an der Sonne liegen konnte, und ihre dunklen Augen blickten ihrem Gegenüber ohne Scheu und forschend ins Antlitz.

»Die Halliwell-Schwestern werden diese Woche unsere Gäste sein, Yvonne. Wären Sie so freundlich, ihnen etwas Eistee zu bringen?«

Die ältere Frau murmelte etwas, das Prue nicht verstand, und verschwand rasch wieder.

»Was hat sie gesagt?«, wollte Piper wissen.

»Sie hat ihrer Freude Ausdruck verliehen, Sie und ihre Schwestern kennen zu lernen«, erklärte Daphne mit einem Lachen.

»Und ich hätte schwören können, dass sie etwas von frischem Eistee gesagt hat«, wunderte sich Phoebe.

»Nun, tatsächlich hat sie ›Cher‹ gesagt. C-h-e-r«, buchstabierte Daphne.

»Wie die Sängerin?«, fragte Piper, die etwas verwirrt klang.

Daphne lachte wieder. »Nicht ganz.«

»Dieses Wort werden Sie hier unten häufiger zu Ohren bekommen«, erklärte Kane, »aber seien Sie beruhigt. Es hat eine eher liebevolle Bedeutung.«

Wenige Augenblicke später traf Yvonne mit dem Eistee ein. Während die Haushälterin die Flüssigkeit in langstielige Gläser goss, fielen Prue ihre Fingernägel auf. Sie waren lang und gewellt und blutrot lackiert.

Prue musste ein Schütteln unterdrücken. Aus irgendeinem Grund erinnerten sie Yvonnes Fingernägel an Klauen.

Piper seufzte laut auf. »Okay, wessen Idee war es, das Auto auf der anderen Seite der Stadt zu parken?« Sie und ihre Schwestern standen unter einer Straßenlampe und studierten einen Stadtplan von New Orleans.

»Es steht nicht auf der anderen Seite der Stadt«, wies Prue die unterschwellige Anschuldigung von sich. »Es steht nur ein paar Blocks von hier entfernt. Sehen wir mal nach. Wir sind hier an der Kreuzung Bourbon Street und ...«

»... St. Peter«, las Piper von einem Straßenschild ab.

»Und das Auto steht in dieser Richtung ...«

»Nein, ich dachte, es steht in der anderen Richtung«, sagte Phoebe.

Piper lehnte sich gegen den Laternenpfahl und versuchte, den vorbeirempelnden Passanten aus dem Weg zu gehen. Sie sah eine von zwei recht irritiert wirkenden Pferden gezogene Kutsche vorbeiziehen, die mit kreischenden, ganz offensichtlich angeheiterten Frauen vollgestopft war, die wohl eine Junggesellinnenparty feierten. Obwohl es schon weit nach Mitternacht war, waren die Straßen noch immer überfüllt mit Menschen. Dixieland-Jazz drang lautstark aus einer nahegelegenen Bar auf die Straße und Piper stellte fest, dass ihre Füße wie von allein im Takt der Musik aufs Straßenpflaster klackerten – obwohl ihr die Füße eigentlich noch von den zwei Stunden weh taten, die sie heute Abend in einem Club auf der Tanzfläche verbracht hatte.

»Okay, jetzt haben wir's endlich« verkündete Prue erleichtert. »Wir müssen diesen Weg nehmen.«

Piper sah in die Richtung, in die ihre Schwester deutete. »Bist du dir sicher? Für mich sieht das nach einer verlassenen Gasse aus. Nach einer düsteren, verlassenen Gasse.«

»Ja, aber das ist eine direkte Abkürzung zum Wagen.« Prue zeigte ihr die Karte. »Siehst du?«

»Na schön.« Piper gab ihr die Karte zurück. »Lasst uns gehen. Meine Füße bringen mich noch um. Ich will mich endlich hinsetzen.«

»Deine Füße haben dich nicht umgebracht, als dich diese ganzen Typen zum Tanzen aufgefordert haben«, neckte Phoebe sie auf dem Weg durch die Gasse.

Piper grinste. »Und ich bin mir sicher, dass sie morgen wieder in Topform sein werden. Ich habe dem letzten Typen, Peter, gesagt, dass wir morgen wahrscheinlich wieder im Club sein werden.«

»War das der mit dem Ohrring und dem niedlichen Freund?«, wollte Phoebe wissen.

»Niedlicher Freund?, fragte Prue, während die Schatten um sie herum immer mehr das Licht verschluckten. »Phoebe, du sprichst doch wohl nicht von diesem Kerl mit den lila Koteletten?«

»Klaro, den meine ich«, gab Phoebe zurück. »Er spielt in einer Band. Die waren im letzten Jahr sogar bei den Counting Crows im Vorprogramm.«

»Klar waren sie das.« Piper versuchte, in der Dunkelheit vor ihnen etwas zu erkennen. Ihr kam dieser Weg wie eine Sackgasse vor, die bloß zu einem Haufen Müllsäcke und matschigen Pappkartons führen würde. »Mädels, haltet ihr es wirklich für eine gute Idee, dass wir diesen Weg weiterg ...«

Eine männliche Stimme ertönte plötzlich von hinten und fuhr ihr ins Wort. »Bleibt genau da stehen und dreht euch nicht um!«

»Wenn ich es so recht überdenke, nein, Piper. Ich halte es für keine gute Idee«, murmelte Phoebe. Die drei Schwestern blieben stehen. Regungslos.

Piper spürte, wie etwas Hartes gegen ihren Rücken drückte. »Rückt mal schön eure Kohle raus, ihr Süßen. Und hübsch brav sein, dann passiert auch nichts.«

»Kein Problem.« Piper zog ihr Portemonnaie aus der Hosentasche und hielt es mit geschlossenen Augen der Stimme hinter sich entgegen.

Prue wollte gerade ihre Handtasche öffnen, aber die Stimme änderte den Plan. »Schieb mir mal die ganze Tasche rüber, Puppe.«

»*Puppe?*« Prue übergab dem Räuber ihre Tasche mit einem Grummeln. »Oh Mann. Was stimmt mit euch Typen nicht?«

Piper bemerkte, dass sich Phoebes Hand nicht gerührt hatte.

Der Räuber offensichtlich auch. »Hey«, machte er sich bemerkbar. »Wo ist dein Portemonnaie?«

»Ich besitze keines«, wies Phoebe ihn mit schnodderiger Stimme zurecht.

»Phoebe, ganz ruhig.« Piper wollte auf gar keinen Fall, dass ihre Schwester in dieser Situation die Heldin spielte.

»Hast du gehört, Mädel. Ruhig bleiben und schieb das Geld her!«

»Ich habe kein Geld. Ich bin völlig pleite«, schoss Phoebe zurück.

»Sie sagt die Wahrheit«, bekräftigte Prue. »Sie hat uns heute Abend auf ein paar Drinks eingeladen.«

»Ja«, pflichtete ihr Piper bei. »Geld ist ihr vollkommen egal. Sie ist ständig pleite.«

»Glaube ich dir aufs Wort, Schätzchen.«

»Und selbst wenn ich nicht pleite wäre«, schnauzte Phoebe, »würde ich es dir nicht geben, nur weil du mir ein Messer ...«

»Phoebe, das ist kein Messer, das ist eine Pistole!«, schrie Piper auf, der der Gegenstand nicht mehr gegen den Rücken gedrückt wurde. Nun zielte der Gegenstand in Phoebes Richtung.

Piper spürte, wie eisige Furcht von ihr Besitz ergriff, als sie das unverwechselbare Geräusch einer Pistole hörte, die gerade entsichert wurde.

Neben ihr wirbelte Prue herum. Sie riss ihre Arme in einer fließenden Bewegung in die Höhe. Der Räuber gab einen würgenden Laut von sich, wurde in die Luft gehoben und krachte mit brutaler Wucht gegen die Steinmauer des nächstliegenden Gebäudes. Er fiel auf den Boden und blieb dort wie ein Häufchen Elend liegen. Einzig ein wehleidiges Stöhnen bewies, dass er noch lebte.

»Danke, Prue«, brachte die sichtlich erschrockene Phoebe heraus.

»Phoebe, warum hast du ihm gesagt, dass du kein Geld hast? Du hättest es ihm einfach geben sollen.«

»Auf keinen Fall. Er hätte es niemals gefunden. Und wenn er mich auf den Kopf gestellt hätte.«

»Dann frage ich lieber nicht nach, wo du es deponiert hast«. Prue rollte mit ihren Augen. »Hört mal zu, Leute, machen wir uns lieber davon, bevor dieser Schmierbeutel wieder auf die Beine kommt.«

»Aber diesmal bitte keine Abkürzungen«, bat Piper. Sie blickte über ihre Schulter, um sicher zu gehen, dass ihnen niemand folgte, als sie zu den hellen Lichtern und dem Trubel auf der Bourbon Street zurückgingen.

»Jetzt ist es mir auch vollkommen egal, dass meine Füße ...«

»Oh, nein!« Phoebe war abrupt stehen geblieben.

Piper lief gegen den Rücken ihrer Schwester. »Was stimmt nicht?«

»Magie. Prue, du hast deine Kräfte benutzt. Keine Zauberei im Urlaub, weißt du noch?«

»Phoebe, ich hatte keine Wahl. Dieser Kerl hätte dich um ein Haar weggepustet.«

»Das ist mir doch klar, aber ihr wisst, was passiert, wenn wir Magie anwenden.«

Piper nickte. »Phoebe hat Recht. Das ist so, als würden wir uns mit einem Lautsprecher auf die Straße stellen und losbrüllen: ›Böse Hexer, bitte herhören. Drei magische Mädels wollen gejagt werden!‹ Es würde mich nicht wundern, wenn wir bald Probleme bekommen.«

Prue seufzte auf. »Du hast ja Recht, aber jetzt ist es zu spät. Das Kind ist im Brunnen. So viel also zum Urlaub ohne Ärger.«

3

»Wer ist da?«, fragte Phoebe, als es am nächsten Morgen an ihrer Tür klopfte. Sie lag quer über die fliederfarbene Steppdecke ausgestreckt, die auf ihrem gusseisernen, antiken Bett ausgebreitet war.

»Wer soll es schon sein«, rief Prue durch die Tür.

Phoebe stand auf und öffnete ihren Schwestern die Tür. Sie waren beide schon vollständig angezogen. Prue trug ein kurzes Sommerkleid und Piper hatte sich ein ärmelloses Top und Shorts übergeworfen.

»Du siehst aus, als wärst du gerade erst aufgewacht«, kommentierte Piper Phoebes recht verwuscheltes Aussehen.

»Ich *bin* gerade erst aufgewacht.« Phoebe fuhr sich mit der Hand durch das wellige braune Haar und überlegte, dass sie mal wieder zum Friseur gehen könnte. Vielleicht würde sie ja ein gutes Haarstudio in New Orleans finden und sich einen neuen Look gönnen. Schließlich war sie im Urlaub.

»Nun zieh dich schon an«, drängelte Prue. »Es ist fast Mittag.«

»Na und? Ich bin schließlich im Urlaub.« Phoebe ließ sich nicht stressen. »Außerdem dachte ich, wir würden uns nach dem Vorfall von gestern Abend etwas bedeckter halten.«

»Wir halten uns auch bedeckt. Das heißt aber nicht, dass wir nicht die Plantage erkunden können«, gab Prue den Plan für den Tag bekannt.

Phoebe lächelte. Ihre Schwestern waren immer so unerschrocken.

»Du hast übrigens das Frühstück verpasst«, informierte Piper ihre Schwester. »Yvonne hat ganz wunderbare Crêpes gemacht. Und Randy hat sich zu uns gesetzt – in einem knallengen Muskelshirt. Ich dachte, das würde dich interessieren.« Sie lächelte verschmitzt. »Wir haben wirklich versucht, dich wach zu kriegen.«

Phoebe zuckte mit den Schultern. »Keine große Sache.« Amüsiert überlegte sie, dass sie und ihre Schwester sich in einem nur halb ernst gemeinten Wettstreit um den unwiderstehlichen Gärtner befanden. Warum fuhren sie und Piper eigentlich immer auf dieselben Kerle ab? Vermutlich bloß guter Geschmack, ging es ihr durch den Kopf.

Piper machte es sich auf der antiken Couch bequem. Sie musterte die pastelfarbenen, gestreiften Tapeten und die graubeigen Vorhänge, die zu beiden Seiten der holzvertäfelten Balkontüren hingen.

»Schönes Zimmer«, stellte sie fest.

»Wie ist deines?«, fragte Phoebe ihre Schwester.

»Unglaublich«, antwortete Piper begeistert. »Ich habe großartig geschlafen.«

Prues Blick fiel auf Phoebes Tragetasche, die noch auf dem Fußboden stand. Gereizt wandte sie sich an ihre Schwester. »Hast du immer noch nicht ausgepackt, Phoebe?«

»Kein Grund zur Hektik, *Cher*«, grinste Phoebe. »Ich werde später auspacken. Das dauert wirklich nur zwei, drei Sekunden.«

»Da hat sie absolut Recht. Sie hat nämlich praktisch gar nichts mitgenommen«, petzte Piper.

»Ganz im Gegensatz zu dir. Du hast nämlich gleich alles mitgebracht«, gab Phoebe schnippisch zurück, während sie sich ein frisches T-Shirt über den Kopf zog.

»Lasst uns loslegen, Leute.« Prue versuchte, ein bisschen Bewegung ins Geschehen zu bringen. »Ich will mich hier mal umsehen. Kane und Daphne haben es uns schließlich angeboten.«

»Vielleicht haben sie aber auch nur das Haus gemeint«, äußerte Piper ihre Besorgnis. »Wahrscheinlich würde es ihnen gar nicht gefallen, wenn wir hier in der Gegend herumschnüffeln.«

»Wir schnüffeln nicht herum, wir erkunden bloß das Terrain.« Phoebe schlüpfte in ein Paar Shorts und zog den Zimmerschlüssel aus der Tür. »Ich düse nur mal für ein paar Minuten ins Badezimmer und treffe euch dann unten.«

Wenig später stieß sie zu ihren Schwestern und die drei jungen Frauen gingen zur Hinterseite des Hauses. Als sie durch die Küche wanderten, fiel ihnen ein Topf auf, der blubbernd auf dem Ofen stand.

»Mmmh«, machte Piper, den leckeren Duft tief einatmend. »Ich rieche Shrimps. Und Tomaten. Zwiebeln. Vielleicht auch Gumbo.«

»Lass uns doch einfach davon kosten«, schlug Phoebe kurz entschlossen vor und steuerte auf den Ofen zu. Ihr Magen grummelte schon vor Vorfreude.

Doch Piper hielt sie zurück. »Das ist keine gute Idee. Dies hier ist schließlich nicht unsere Küche.«

»Stimmt schon, aber ich habe das Frühstück verpasst«, rechtfertigte Phoebe ihren Hunger. Sie tauchte eine Schöpfkelle in die heiße Suppe, ließ ihre Beute dann eine Minute abkühlen und kostete schließlich.

»Nun?«, wollte Piper wissen. »Lag ich richtig? Gumbo?«

»Hmmh, stimmt, und es schmeckt ganz erstaunlich«, verkündete Phoebe.

»Prima, super, ganz toll. Können wir jetzt rausgehen?«, fragte Prue ungeduldig. »Die Hintertür ist gleich da vorn.«

Phoebe hängte widerwillig die Schöpfkelle an den Haken zurück und deckte den Topf wieder zu. Für sie stand fest, dass sie später wieder vorbeischauen würde, um sich noch etwas von der Suppe zu gönnen. Die Schwestern traten durch die Tür und fanden sich in einem kleinen Hinterhof wieder, der von blühenden Hecken umgeben war und in dessen Mitte sich ein alter Springbrunnen aus Marmor befand. Sie betraten einen kleinen Pfad, der durch die Hecken führte und sich unter den Bäumen entlangschlängelte. Nur wenige Minuten später blieben sie vor einer Gruppe kleinerer Häuser stehen.

»Das war früher mal die Küche«, erklärte Prue, nachdem sie durch ein Fenster in das nächstgelegene Gebäude gespäht hatte.

»Woher willst du das wissen?«, erkundigte sich Piper, die ihr über die Schulter linste.

»Die große Feuerstelle da vorne«, erklärte Prue. »Früher, zu Zeiten des klassischen Plantagenlebens, wurde außerhalb des Haupthauses gekocht, um so das Risiko eines Feuers durch die enorme Hitze zu minimieren.«

»Und schon beginnt der Vortrag«, murrte Phoebe deutlich hörbar und rollte mit den Augen.

Sobald Prue erst einmal anfing, über etwas Historisches zu reden, konnte sie Stunde für Stunde ohne Luft zu holen weiterquatschen und Piper war natürlich an allem interessiert, was mit Küchen und Kochen zu tun hatte. Aber Phoebe interessierte sich weder fürs Kochen noch für Geschichte.

Sie entfernte sich von ihren Schwestern und umrundete das Haus. Hinter dem Gebäude war es angenehm schattig und ruhig. Sie ging ein paar Schritte und sah dann zu Boden.

Warum verursachten ihre Turnschuhe matschige Geräusche? Ihr fiel auf, dass der Untergrund ziemlich sumpfig war.

Nun ja, Kane und Daphne hatten erwähnt, dass das Plantagengelände von den Bayous umrandet wurde. Und sie hatten die Halliwells gewarnt, sich nicht zu weit vom Haus zu entfernen.

Aber das hieß ja nicht, dass sie nicht mal ein bisschen stöbern durfte, überlegte sich Phoebe und marschierte über die Anlage, wobei sie sich nah an der kleinen Häusergruppe hielt. Beim letzten Haus fiel ihr eine Tür auf, die einen Spalt weit offen stand.

Sie drückte sie ganz auf und wollte gerade ihren Kopf in das Innere des Hauses stecken, als hinter ihr eine Stimme scharf und lautstark ertönte.

»Stopp!«

Phoebe wirbelte herum. Yvonne war hinter ihr wie aus dem Nichts erschienen. Unter ihrem Arm trug sie einen Korb, der etwas enthielt, das wie Unkraut aussah.

»Ich wollte nur mal kurz einen Blick reinwerfen«, rechtfertigte sich Phoebe, die erleichtert war, dass sie lediglich von der Haushälterin erwischt worden war. Sie ließ dem Mütterchen ein beruhigendes, breites Lächeln zukommen.

»Tu das nicht«, riet ihr Yvonne ohne jeden Anflug eines Lächelns.

Phoebe erstarrte. Warum war Yvonne so ernst?

Die Augen der alten Köchin leuchteten auf einmal gefährlich auf. »Bleibt unter euch, solange ihr hier seid, oder ihr werdet es bereuen«, warnte sie in ihrem schwer verständlichen Patois-Akzent.

Mit diesen Worten verschwand die alte Frau wieder hinter dem Gebäude. Phoebe sah ihr mit versteinertem Blick nach.

Ihr werdet es bereuen? Was sollte das denn, bitte schön? Okay, vielleicht war das Herumschnüffeln keine tolle Idee gewesen. Aber ...

Phoebe langte nach dem Griff, um die Tür zu schließen. Sie schnappte erschrocken nach Luft, als sie von einer Vision überrascht wurde. Das entsetzte Gesicht eines jungen Mädchens stieg in ihr auf. Phoebes Gedanken waren von dem unheilvollen Geräusch mysteriöser Gesänge durchdrungen, und dann schrie das Mädchen in Todesangst auf.

Ebenso plötzlich, wie die Vision über sie hereingebrochen war, verschwand sie auch wieder.

Phoebe stand absolut regungslos da und zitterte in der Mittagssonne. Die Fähigkeit, Visionen zu haben, war ihre besondere Begabung. Mittlerweile sollte sie eigentlich daran gewöhnt sein, aber es überraschte und erschütterte sie jedesmal aufs Neue.

Sie hatte keine Ahnung, was die Vision bedeutete, aber was auch immer es war, es war nicht gut. Während sie loslief, um ihre Schwestern zu suchen, hallten Yvonnes unheimliche Worte wie ein Echo durch ihren Kopf »Ihr werdet es bereuen.«

»Ihr werdet es bereuen.«

»Bist du sicher, dass das Yvonnes Worte waren?«, fragte Piper ihre Schwester Phoebe. Die drei Schwestern saßen im Esszimmer und verputzten ein paar prall gefüllte Schüsseln mit würziger Shrimpssuppe über herrlich lockerem Reis. Phoebe hatte einen grimmigen Unterton in ihrer Stimme, der Piper niemals behagte. Immer wenn Phoebes Stimme diesen Ton hatte, lauerte die nächste Katastrophe auf die Halliwells.

»Ich sage dir doch, Yvonne hat sich ganz bestimmt keinen Scherz erlaubt«, bestand Phoebe auf ihrer Auslegung der Ereignisse.

Piper hielt sich einen Finger an die Lippen, weil ihr klar geworden war, dass ihnen praktisch jedermann zuhören konnte. »Hey, Phoebe, nicht so laut«, riet sie ihrer Schwester.

»Ich frage mich, warum sie dich verscheucht hat«, überlegte Prue mit gesenkter Stimme. »Und warum die Drohung? Küchenbedienstete haben üblicherweise nicht die Aufgabe, die Gäste zu verschrecken.«

»Hey, sag mir das mal. Allmählich wird's mir hier richtig unheimlich«, gestand Phoebe. »Und diese Vision ...«

»Bist du sicher, dass du das Mädchen nicht kennst?«, fragte Piper noch einmal nach.

»Ziemlich sicher. Obwohl mir ihre Augen irgendwie bekannt vorkamen ... wenn ihr wisst, was ich meine. Sie waren sehr intensiv und sehr blau. Ich habe eine ganz seltsame Verbundenheit gespürt. So als hätte ich sie schon einmal irgendwo gesehen, aber ... nicht in Fleisch und Blut? Versteht ihr mich?«

»Vielleicht hast du ein Bild von ihr gesehen«, schlug Prue vor.

Phoebe zögerte. »Nein ... aber ich bin mir nicht sicher.«

»Nun ja, glaubst du, die Vision hat dir etwas aus der Vergangenheit gezeigt? Oder etwas aus der Zukunft?«, fragte Piper.

»Du weißt doch, wie es mit meinen Visionen ist. Manchmal kann ich das unmöglich sagen«, erklärte Phoebe. »Es könnte jede der beiden Möglichkeiten sein. Keine Ahnung.«

»Das ist nicht sehr aufschlussreich«, stellte Prue fest. »Hast du wenigstens eine Ahnung, was die Vision bedeuten soll?«

»Klar. Nichts Gutes«, fasste Phoebe mit grimmigem Gesichtsausdruck zusammen.

Ein paar Augenblicke lang aßen sie ohne ein Wort. Piper überlegte, was sie sagen könnte. »Wisst ihr«, fing sie an, »es ist eine Prise von irgendeinem Kraut in diesem Gumbo, aber ich komme einfach nicht dahinter, von welchem. Hast du erkennen können, welche Kräuter Yvonne in ihrem Korb hatte, Phoebe?«

»Woher soll ich das denn wissen, Piper. Ich war eine Prise zu sehr damit beschäftigt, Angst zu haben, als dass ich mir das auch noch gemerkt hätte.«

»Hallo, die jungen Damen.« Kane Montague stand im Türrahmen.

»Hat Ihnen das Mittagessen gemundet?«, erkundigte sich Daphne, die hinter ihm aufgetaucht war.

Piper atmete erschrocken tief ein. Hatten die Montagues etwa ihr ganzes Gespräch mit angehört?

»Es hat wunderbar geschmeckt. Danke der Nachfrage«, antwortete Prue.

»Absolut köstlich. Wissen Sie zufällig, welche Kräuter

Yvonne für ihre Kreolensoße verwendet?« Piper musste es einfach versuchen, doch sie wurde enttäuscht.

»Yvonne verrät uns niemals ihre Zutaten«, sagte Daphne. »Bei allem, was mit ihren Kochkünsten zu tun hat, ist Yvonne auf absolute Geheimhaltung bedacht.«

Prue wunderte sich, warum Yvonne ein solches Geheimnis aus ein paar Zutaten machte.

»Wie wäre es, wenn Sie sich auf ein Glas Sherry zu uns gesellen würden?«, wandte sich Kane an die Schwestern. »Die Phillips, unsere anderen Gäste, sind gerade von einem Bootsausflug zurückgekehrt und werden auch bald zu uns stoßen.«

»Das klingt verlockend«, stellte Piper fest.

Aus irgendeinem Grund machte ihr die Erwähnung der anderen Gäste wieder Mut. Es nahm dem Haus etwas von seiner isolierten Atmosphäre.

Aber warum muss mir eigentlich die Erwähnung irgendwelcher Fremder Mut machen, fragte sich Piper. Färbte Phoebes flatteriges Nervenkostüm nun schon auf sie ab?

Piper sagte sich, dass alles in Ordnung war. Sie machten Ferien, ermahnte sie sich. Sie sollte sich entspannen und war dem Gedanken auch wahrlich nicht abgeneigt. Phoebe hatte Yvonne bloß missverstanden. So einfach war das.

Sie schob ihren Stuhl zurück, stand auf und griff nach ihrem Teller.

»Aber ich bitte Sie, *Cher*. Yvonne wird den Tisch abräumen. Sie sind hier Gast«, protestierte Daphne und legte ihr einen Arm freundschaftlich um die Schulter. »Begleiten Sie mich in die Bücherei. Wir werden unseren Sherry dort einnehmen.«

Sie führte Piper, Phoebe und Prue den Flur entlang. An allen Einrichtungsgegenständen, an denen sie vorbeikamen, gab Daphne Erklärungen ab. So erzählte sie, dass das leicht gewellte Fensterglas noch aus der Zeit stammte, in der das Haus erbaut worden war, und dass das Ölgemälde in dem Goldrahmen am Fuße der Treppe Captain Jean Montague zeigte, den ursprünglichen Besitzer der Plantage.

»Er war ein Franzose, der Urururururgroßvater meines Mannes. Sein Familienstammbaum ist wirklich interessant, obwohl diese Faszination vermutlich alle Menschen überkommt, die nachweislich von jemandem abstammen.«

Piper tauschte einen Blick mit ihren Schwestern aus. Sie wusste, was die beiden dachten. Ihr eigener Familienstammbaum war weit mehr als nur ein wenig faszinierend, denn bei ihren Kräften handelte es sich um ein Erbe, das von Generation zu Generation weitergegeben wurde.

In der Bücherei stellte Daphne ihnen ein fröhliches Pensionärspärchen vor, Harold und Marge Phillips. Beide trugen weiße T-Shirts und karierte Shorts. Sie beendeten die Sätze, die der andere begonnen hatte, und nannten einander »Omi« und »Opi«.

Piper mochte die beiden sofort und war enorm erleichtert, als sie sah, dass die beiden sich hier im Haus der Montagues zu entspannen schienen. Sie erwähnten auch ausdrücklich, dass ihnen ihr Aufenthalt viel Spaß brächte und dass sie vorhätten, auch im nächsten Jahr wieder hierher zu kommen.

Siehst du, ermahnte Piper sich selbst. Hier geht überhaupt nichts Seltsames vor sich.

Andererseits waren die Phillips gewiss keine Hexermagneten. Bislang hatte ihre kleine Aktion von gestern Abend zwar noch für keine Hexeraktivität gesorgt, aber angesichts von Yvonnes seltsamer Warnung und Phoebes erschreckender Vision konnte und sollte man sich da nicht so sicher sein.

Kane gesellte sich zu ihnen. »Yvonne wird uns in Kürze den Sherry bringen«, verkündete er sichtlich gut gelaunt. »Darf ich Ihnen also in der Zwischenzeit ein paar Fragen beantworten?«

»Wann wurde das Haus erbaut?«, erkundigte sich Prue sofort.

»Es wurde im Jahre 1806 errichtet, von einem meiner Vorfahren. Ein Schiffskapitän, der sich bei seinem ersten Besuch sofort in Louisiana verliebte und nie wieder fortging.«

»Das Haus befand sich seitdem stets im Besitz von Kanes Familie«, fügte Daphne hinzu.

»Mein Großvater lebte hier bis zu seinem Tod vor ein paar Jahren. Wir erbten das Haus und fingen an, es mit Randys Hilfe zu restaurieren. Er ist wirklich ein Geschenk des Himmels. Tauchte letztes Jahr plötzlich aus dem Nichts auf und meinte, er suche Arbeit als Zimmermann. Ich habe ihn vom Fleck weg angeheuert.«

»Ist Yvonne auch schon so lange bei Ihnen, Kane?«, fragte Piper.

»Oh, wir haben sie gewissermaßen zusammen mit dem Haus geerbt«, grinste Kane. »Sie hat schon vorher einige Jahre lang für meinen Vater gearbeitet. Auch sie ist ein wahres Goldstück. Ihre Kochkünste sind hier in der Gegend legendär.«

»Sie können nur von mir sprechen.« Yvonne betrat den Raum und trug ein Tablett, auf dem eine kristallene Karaffe sowie sieben edle Gläser standen, die bereits mit einer Flüssigkeit gefüllt waren. Sie lächelte.

»Selbstverständlich spreche ich von ihnen, Yvonne«, antwortete Kane. An die anderen gerichtet, fügte er listig hinzu: »Diese Frau hat in der Tat nicht den kleinsten Funken Ego im Leib, nicht wahr?«

»Wenn es ums Kochen geht, sage ich die Dinge so, wie sie sind«, erklärte Yvonne auf gutmütige und aufrichtige Weise.

»Sie sagen die Dinge *immer* so, wie sie sind«, korrigierte Daphne sie mit einem Lachen.

»Und daran ist auch nichts verkehrt.« Harold Phillips stand auf und reichte seiner Frau die Hand. »Falls wir uns morgen früh nicht mehr sehen sollten, bevor wir abreisen, möchten wir uns schon jetzt von Ihnen verabschieden, Yvonne. Marge und ich setzen gleich morgen früh die Segel.«

»Meinen herzlichen Dank dafür, dass Sie uns so gut verköstigt haben.« Mit diesen Worten gab Marge der älteren Frau einen dicken Schmatzer auf die Wange.

Piper war hin und her gerissen zwischen der Erleichterung darüber, dass Yvonne wohl doch nicht das erschreckende alte Weib war, für das Phoebe sie gehalten hatte, und der Bestürzung darüber, dass die einzigen anderen Gäste schon so bald wieder abreisen würden.

Dann wären sie, Phoebe und Prue den Montagues, Randy und Yvonne vollkommen ausgeliefert.

Als Yvonne die Bücherei verließ, warf Phoebe ihrer Schwester einen Blick zu. Offensichtlich hatte sie die gleichen Gedanken gehabt und fühlte sich ähnlich zwiespältig.

Einen Augenblick später veränderte sich ihr Gesichtsausdruck aber schlagartig, denn Randy schlenderte in die Bücherei. Er trug ein sauberes Paar Jeans und ein hellblaues Poloshirt. Völlig egal, was er am Leib trägt, dachte Piper plötzlich hellwach und irgendwie aufgedreht, er ist einfach zum Anbeißen. Randy stellte Kane eine Frage über den Rasendünger. Daphnes Angebot, sich auch ein Glas Sherry zu genehmigen, lehnte er dankend ab.

Allerdings blieb er noch und unterhielt sich mit Phoebe, die, während sie mit tiefen Schlücken ihren Sherry genoss, hemmungslos mit ihm flirtete und albern herumlachte. Als ihr Glas leer war, gestattete sie Kane, es aus einer anderen Flasche aus der Vitrine zu füllen. Er sagte, es handele sich um seine Privatration, einen ganz besonders vorzüglichen Trank. Und da es ganz so aussah, als ob Phoebe Gefallen an dem Sherry gefunden hatte ...

Piper legte besorgt die Stirn in Falten, während sie sich mit ihrem eigenen, nicht gerade schwachen Drink befasste. Sie war der Meinung, dass Phoebe etwas besser aufpassen sollte.

Nur weil sich heute kein Hexer hatte blicken lassen, hieß das noch lange nicht, dass sie unaufmerksam sein konnten. So wie Phoebe einen Sherry nach dem anderen trank, würde sie sehr bald nicht mehr in der Lage sein, aufrecht zu stehen, geschweige denn, sich zu verteidigen.

Ach was. Warum musste sie immer so schwarz sehen. Es war ja auch gut möglich, dass überhaupt nichts geschah. Ruhig bleiben, Piper. Was kann schon Schlimmes passieren?

Angesichts der letzten Wochen und Monate war das die falsche Frage. Die Antwort darauf wollte sie sich lieber gar nicht erst ausmalen.

Phoebe fuhr senkrecht in die Höhe.

Was war das für ein Klopfen?

Sie sah sich in dem schattigen, unbekannten Raum um. Die Fenster standen offen und die Vorhänge wurden von einer sanften nächtlichen Brise leicht umhergewirbelt.

Sie merkte, dass das Geräusch von draußen kam. Es handelte sich um ein rhythmisches Hämmern, fast so wie ein dumpfer Herzschlag oder …

»Trommeln«, flüsterte Phoebe, als sie das Geräusch erkannte.

Jemand spielte auf Trommeln.

Das Seltsame daran war nur …

Das Haus war völlig isoliert und umgeben von undurchdringlichem Unterholz und dichten Baumgruppen, die in den dunklen Wassern der Bayous standen.

Wer spielte also um diese Uhrzeit, hier draußen, auf seinen Trommeln?

Wahrscheinlich dudelte bloß irgendwo ein Radio vor sich hin. Jedenfalls redete sie sich das ein, als sie aus ihrem Bett glitt und über den Holzboden zu den Schiebetüren ging, die auf den Balkon hinausführten. Nach einem Augenblick des Zögerns öffnete sie die Türen und ging hinaus ins Freie.

Das Trommeln kam ganz sicher von irgendwo außerhalb des Haupthauses, aber sie konnte nicht genau festmachen, von wo. Die warme und vor Feuchtigkeit strotzende Nachtluft war getränkt von den wundervollen Düften der Blumen, die direkt ein paar Meter unter ihrem Balkon im Erdreich wuchsen. Sie schlug ihre Arme um die Schultern und zitterte in ihrem T-Shirt und den gestreiften Baumwollboxershorts, trotz der Temperaturen, die immer noch mindestens 25° Grad betragen mussten.

Sie fror aber nicht.

Nein, sie hatte …

Sie wusste eigentlich nicht, was genau sie hatte. Vielleicht einen kleinen Kater. Sie hatte sich mit Sicherheit ein paar Sherrys zu viel genehmigt. Und sie konnte sich des Gefühls nicht erwehren, dass irgendetwas nicht stimmte – und das schon seit Beginn dieses Urlaubs.

Phoebe lehnte ihre Arme über das eiserne Geländer und betrachtete die Fenster und Türen, die links und rechts vom Balkon zu sehen waren. Prues Zimmer war nur ein paar Meter entfernt und Pipers Zimmer lag genau nebenan. Sie war sich sicher, dass ihre Schwestern gerade tief schliefen.

Eine leichte Brise ließ die Baumkronen rascheln und trug ein anderes Geräusch an Phoebes Ohren. Es war ein seltsames Wehklagen in hoher Tonlage, dem ein gutturales Stöhnen folgte. Die Geräusche schienen aus einiger Entfernung zu kommen, von einem Punkt, der jenseits der Bäume lag, die das Gelände der Plantage umrandeten.

Diese ganze Geschichte wurde allmählich gruselig. Phoebe erinnerte sich plötzlich an Yvonnes Warnung: »Bleibt unter euch, solange ihr hier seid ...« Ihr kamen diese Worte wie ein sehr kluger Rat vor. Phoebe fühlte sich benebelt und seltsam. Sie war nicht mal im Ansatz in der Verfassung herauszufinden, was hier vor sich ging. Dies war ganz gewiss nicht die Nacht, um junge Detektivin zu spielen.

Sie ging wieder ins Zimmer hinein, zog die Tür hinter sich zu und verriegelte sie anschließend. Dann hüpfte sie wieder ins Bett und zog sich die Decke über den Kopf.

So lag sie eine ganze Weile da.

Irgendwann konnte sie das Wehklagen und Stöhnen nicht mehr hören, aber das Trommeln, das noch immer irgendwo im Bayou angestimmt wurde, drang selbst durch die Bettdecke.

Schlaf endlich ein, befahl sich Phoebe. Da spielte also irgendwer mitten in der Nacht auf seiner Trommel. Na und? Zu Hause in San Francisco gab es nachts auch jede Menge seltsamer Geräusche, und da schlief sie schließlich auch bestens. Warum also nicht auch hier?

Allmählich entspannte sie sich.

Vielleicht war sie auch schon eingenickt, als ein anderes, ein neues Geräusch an ihr Ohr drang und sie beunruhigte. Sehr beunruhigte, denn diesmal war es viel näher.

Ein knarrendes Geräusch, so als würde jemand vor ihrer Zimmertür auf dem Holzboden entlangschleichen. Sie hielt die Luft an und erinnerte sich daran, dass dies ein ziemlich altes Haus war. Und alte Häuser knarrten nun einmal. Hatte sie nicht fast ihr gesamtes Leben in einem alten Haus verbracht?

Sie hörte das Knarren erneut.

Das war todsicher das Geräusch eines Schrittes. Da war jemand.

Sie setzte sich auf und zog sich die Decke vom Gesicht. Gerade rechtzeitig, um eine dunkle Gestalt zu erkennen, die auf sie zukam. In ihrer ausgestreckten Hand hielt sie etwas. Etwas, das im Mondlicht aufblitzte, das durch die offen stehenden Fenster ins Zimmer gelangte.

Ein Messer?

Nein, aber es war eine leuchtende, silberne Klinge ... und noch eine.

Jemand kam mit einer riesigen Schere auf sie zu.

Phoebe öffnete ihren Mund um zu schreien, doch die Gestalt drückte ihr die Hand auf den Mund.

Phoebe schlug und trat um sich, aber sie war der Kraft ihres Angreifers nicht gewachsen. Sie konnte sich nicht bewegen. Sie konnte nicht schreien.

Sie war vollkommen hilflos. Und die scharfen Klingen der Schere setzten sich blitzschnell in Bewegung und sausten auf sie herab.

4

»NEEEEEIN!« PHOEBES SCHREI durchbrach die Stille. Sie riss ihren Körper nach rechts, löste sich aus der Umklammerung ihres Angreifers und sprang aus dem Bett. Dann sah sie sich um.

Grelles Sonnenlicht schien durch das unverhangene Fenster ins Zimmer. Vögel zwitscherten draußen im Freien fröhlich ihre Lieder und das beruhigende Summen eines Rasenmähers drang an Phoebes Ohr.

Es war bereits Morgen ... und außer ihr war niemand im Raum. Kein Angreifer und schon gar keine riesige Schere. Es hatte sich lediglich um einen ziemlich verrückten Traum gehandelt.

Aber jemand klopfte von draußen an die Tür. Pipers Stimme ertönte. »Phoebe?«

Phoebe lief zur Tür und öffnete sie rasch.

»Bist du okay?« Ihre Schwester klang besorgt.

»Ich schätze ... ich habe bloß schlecht geträumt«, antwortete Phoebe unsicher.

»Wovon?«

»Och, gar nichts«, murmelte Phoebe, der das Thema Unbehagen bereitete. »Wie spät ist es?«

»Ich wollte dich gerade wecken kommen. Es ist schon fast acht Uhr.«

»Acht?« Phoebe gähnte herzhaft und machte sich wieder auf in Richtung Bett.

Sie ging zur Kommode und betrachtete ihr Spiegelbild. Tiefe Schatten lagen unter ihren Augen, als ob sie kaum oder gar nicht geschlafen hätte.

Aber sie musste geschlafen haben. Da war dieser sehr lebhafte Traum gewesen, von einem Fremden, der sie mit einer Schere angegriffen hatte.

»Du hast keine Zeit mehr zum Duschen«, erklärte Piper. »Pruc will, dass wir sofort nach dem Frühstück in die Stadt fahren.«

»Ist schon okay. Ich habe gestern Abend geduscht.« Phoebe schnappte sich ihre Bürste und zähmte mit ein paar raschen Handbewegungen ihre braune Mähne. Anschließend begab sie sich auf die Suche nach ihrer Zahnbürste in ihrem Kulturbeutel.

»Vielleicht hilft da etwas Gel«, schlug Piper vor und deutete auf Phoebes Kopf.

Phoebe sah in den Spiegel und stellte fest, dass ihre Schwester auf eine eigensinnige Locke zeigte, die ihr seitlich vom Kopf abstand.

»Die hat sich wohl beim Trocknen so komisch verdreht. Meine Haare waren noch feucht, als ich eingeschlafen bin«, erklärte sie Piper. Sie klemmte sich die rebellische Strähne hinter das Ohr.

Wo diese nicht bleiben wollte.

Das war seltsam.

Sie trug die Haare schließlich immer so. Und nun war diese eine spezielle Locke plötzlich zu kurz, um sich hinter das Ohr klemmen zu lassen ...

Fast so, als seien ihr an dieser Stelle die Haare abgeschnitten worden.

»Ich sehe dich dann unten.« Piper ging auf den Flur hinaus und zog die Tür hinter sich ins Schloss.

Phoebe starrte ihr Spiegelbild an.

Wieder nahm sie die eigensinnige Locke und klemmte sie sich hinters Ohr. Und wieder kamen die zu kurzen Haare hinter dem Ohr hervor.

Letzte Nacht ...

Der Traum ...

War er vielleicht doch real gewesen?

War da jemand mit einer Schere in ihrem Zimmer gewesen ... und hatte er die Schere benutzt, um ihr ein paar Haare abzuschneiden?

Phoebe lachte laut auf und belehrte ihr Spiegelbild: »Ja, klar doch. Als ob das Sinn machen würde. Warum sollte mir irgendwer meine Haare klauen?«

Sie drehte sich vom Spiegel weg und schlüpfte rasch in ihre Klamotten.

Auf der Royal Street drängten sich Touristen und Einheimische. Sie befanden sich erneut im Herzen des französischen Viertels. In dieser Gegend wimmelte es praktisch von blumenbehangenen Innenhöfen und zwei- bis dreistöckigen Gebäuden, denen prunkvolle Balkone vorstanden.

Phoebe, die einen Stadtplan in Händen hielt, zeigte auf ein sehr schönes Haus auf der gegenüberliegenden Straßenseite. »Hey, seht ihr das wundervolle Haus da drüben? Man nennt es das Brulatour-Haus, und es wurde von François Seignouret erbaut, einem französischen Weinhändler.«

»Phoebe, pass auf!«, warnte Prue und zog am Arm ihrer Schwester, kurz bevor diese gegen eine alte Laterne gelaufen wäre. Sie hakte sich bei ihrer Schwester unter. »Es wäre bestimmt klüger, wenn du erst einmal mit dem Lesen und Erklären aufhören würdest. Zumindest bis wir angekommen sind.«

»Aber bis dahin gibt es doch so viel zu sehen. Ich will bloß nichts verpassen.«

Prue grinste und atmete tief ein. Die Luft duftete nach einer Mischung aus heißem Kaffee und ofenfrischen Plätzchen und dem feuchten, leicht fischigen Aroma vom nur wenige Blocks entfernten Mississippi. Sie fühlte sich glücklich inmitten des Gewirrs von Stimmen, Gerüchen, dem Geklapper der Pferdekutschen auf dem Pflaster und der Jazzmusik, die aus jedem offenen Fenster zu kommen schien. An der nächsten Straßenecke spielten ein paar Straßenmusikanten gerade das Stück »Down by the Riverside«.

»Ich komme gleich um vor Hunger«, beschwerte sich Piper, die etwas zurückgefallen war. Sie hielt ein Kochbuch von Remy Fortier umklammert, das sie unbedingt hatte mitnehmen wollen. Sie hoffte, dem berühmten Chefkoch in die Arme zu laufen und von ihm ein Autogramm zu bekommen.

»Ich nicht«, antwortete Phoebe. »Mir ist heute irgendwie ein bisschen übel.«

»Woran der Sherry von gestern Abend nicht ganz unschuldig sein dürfte.« Prue schüttelte ihren Kopf. »Ich hätte dir gleich sagen können, dass ...«

»Hey, so ein paar Drinks werfen mich schon nicht um«, fiel ihr Phoebe ins Wort. »Es ist ja nicht so-oh-oh-ooh ...« Sie rutschte auf ein paar Gummibällen aus, die ein Straßenjongleur nur wenige Schritte entfernt versehentlich fallen gelassen hatte.

»Okay, ich habe damit gerechnet, dass hier viel los ist, aber diese Stadt ist ein Zirkus«, stellte Prue fest und wich dabei vorsichtig einem vor ihr auf dem Asphalt liegenden Gummiball aus.

»Finde ich auch – und ist es nicht absolut großartig?«, fragte Phoebe breit grinsend.

Sie wechselten die Straßenseite und umkurvten ein herumknipsendes Pärchen, das einen doppelten Kindersportwagen vor sich herschob, eine Gruppe vergnügter Knirpse, die eine Frisbeescheibe hin und her warfen, und eine extrem grell geschminkte Frau in einem krausen Kleid. Oh ja, dachte Prue. An diesem Ort gibt es nichts, was es nicht gibt.

»Da ist es«, jubelte Piper plötzlich. Mit einmal schleppte sie sich nicht mehr durch die Gegend, nein, nun verfiel sie in ein rasch schneller werdendes Traben.

Prue sah auf und erblickte ein Restaurant, das offensichtlich »Remy's« hieß. »Komm schon, Phoebe«, sagte sie, »du wirst dich besser fühlen, wenn du was gegessen hast.«

»Ich habe bereits gegessen. Heute Morgen habe ich einen riesigen Berg von Yvonnes *croquignoles* verputzt. Ich glaube, ich habe zu viele gegessen.«

»Wahrscheinlich«. Auch Prue hatte den süßen, gebackenen Kuchen nicht widerstehen können, von denen Daphne und Kane behauptet hatten, dass sie wie *Biegnet* schmecken würden, wie die Doughnuts hier hießen.

Als sie das überfüllte Restaurant betraten, sahen sie, dass Piper in eine lebhafte Diskussion mit dem Oberkellner verwickelt war.

»Was ist los«, fragte Prue ihre Schwester, nachdem sie sich durch die Menschenmenge gekämpft hatte, die im Foyer wartete.

»Er sagt, dass wir zwei Stunden auf einen Tisch warten müssen«, beklagte sich Piper. »Und das, obwohl wir sogar aus San Francisco hierher gekommen sind.«

»Es tut mir wirklich sehr Leid«, sagte der Oberkellner ein wenig ungeduldig, »aber schauen Sie sich mal um. Wir sind sehr beschäftigt. All diese Menschen warten ebenfalls auf einen Tisch.«

»Aber ...«

»Zwei Stunden ist wirklich das Beste, was ich Ihnen anbieten kann.«

»Warum nicht. Wir können ja in zwei Stunden noch mal wieder kommen«, schlug Prue ihren Schwestern vor.

Der Oberkellner schüttelte bedauernd den Kopf. »Es tut mir Leid, aber ich kann Ihnen keinen Tisch freihalten, wenn Sie gehen.«

»Das heißt, sie erwarten, dass wir zwei Stunden hier rumsitzen und darauf warten, dass ein Tisch frei wird?«, fragte Phoebe empört. »Das ist doch ...«

»Kein Problem für uns«, unterbrach Piper hastig. »Wir können sitzen. Wir sind den ganzen Morgen rumgelaufen. Es wäre schön, wenn wir uns ein bisschen ausruhen könnten.«

»Ohne mich«, protestierte Phoebe.

»Phoebe hat Recht«, wurde sie von Prue unterstützt. »Wir können doch nicht zwei Stunden damit verschwenden, dass wir hier rumsitzen, um auf einen Tisch zu warten. Ich will noch etwas von der Stadt sehen. Wir können morgen wiederkommen.«

»Aber ...«

»Es tut mir Leid, Piper«, unterbrach sie Phoebe. »Du bist überstimmt.«

»Okay«, sagte Piper bedrückt.

»Warum reservieren wir nicht einfach für morgen einen Tisch?«, schlug Prue vor, um ihre Schwester ein wenig zu trösten. »Dann können wir sicher sein, einen Tisch zu haben.«

»Wir nehmen keine Reservierungen an«, sagte der Kellner.

Prue merkte, wie sie ihre Geduld verlor. Sie war versucht, dem Kellner ihre Meinung bezüglich der Kundenpolitik des Restaurants zu sagen, aber sie wusste, dass sich Piper dann noch schlechter fühlen würde. »Komm, wir kaufen uns ein Sandwich in dem Café, an dem wir gerade vorbeigekommen sind. Und dann überlegen wir uns, was wir als nächstes machen.«

»Ein Sandwich?«, murmelte Piper enttäuscht. »Wer will schon ein Sandwich. Ich hatte meine Geschmacksnerven bereits auf Remys *Jambalaya* vorbereitet.«

Aber sie musste zugeben, dass die Sandwichs absolut köstlich waren. Sie bestanden aus gigantischen in der Mitte durchgeschnitten Baguettes und waren mit Schinken und *Andouille*, einer Art geräucherten Würstchen, belegt. Begleitet wurden sie von einer Tasse mit würzigem Gumbo aus Meeresfrüchten.

Nachdem sie gegessen hatten, breitete Prue ihren Stadtplan auf dem Tisch aus. »Dann wollen wir mal.« Sie legte einen Finger auf die Royal Street und einen anderen auf eine nahe gelegene Kreuzung. »Wir sind genau hier ... und seht mal, wir sind nicht allzu weit vom French Market entfernt.«

»Und was ist das?«, wollte Phoebe wissen, die sich gerade einem eisgekühlten Cappuccino widmete.

»Fünf Straßenzüge voller Verkaufsstände, an denen du Lebensmittel kaufen kannst, die tatsächlich hier in der Gegend von New Orleans hergestellt werden«, erklärte Prue.

»Und auch jede Menge Gewürze«, fügte Piper interessiert hinzu. Ein tolles Thema, wie sie fand. »Remy erwähnt in seinen Kochbüchern immer wieder einen bestimmten Stand, an dem er seine Gewürze kauft. Eine gewisse Madame La Roux führt ihn. Womit wir schon den praktischen Nutzen meiner Kochbücher herausgefunden hätten.« Sie blätterte in dem Kochbuch, das sie mit sich führte und wurde auch rasch fündig. »Remy verrät den exakten Standort auf dieser Seite. Der Laden liegt genau ... hier. Seht ihr?«

»Dann sollten wir zunächst dorthin gehen«, bot Prue an. Sie verglich die Beschreibung im Kochbuch mit der Straßenkarte. »Ist ganz in der Nähe.«

»Ein Gewürzstand?«, fragte Phoebe ziemlich lustlos. »Bindet mich fest, Mädels. Der Orkan eurer unglaublichen Unternehmungslust fegt mich sonst weg.«

Prue grinste. »Ich fürchte, wir haben keine andere Wahl.« Sie gestikulierte in Pipers Richtung. »Das ist für sie fast so wichtig wie der Besuch im ›Remy's‹.«

Kurze Zeit später fanden sich die drei Schwestern an einem nur schwach beleuchteten Verkaufsstand wieder, der im Herzen des French Markets verborgen lag. Ein scharfer Geruch ging von dem Stand aus. Jeder Millimeter der Ladenfläche schien mit irgendetwas vollgestopft zu sein, das man käuflich erwerben konnte. Getrocknete Kräuter hingen von der niedrigen Decke, Kisten, in denen Flaschen und Blechdosen aufeinander lagen, standen auf den Boden gestapelt und auf den restlichen Untergrund hatte jemand offene Körbe gestellt. Nur kleine Trampelpfade waren frei geblieben.

Eine hochgewachsene Frau mit roten Wangen begrüßte sie höflich. Ihr langes, feuerrotes Haar war zu einer lockigen, nett anzuschauenden Frisur hoch gesteckt.

Piper legte gleich los. »Sind Sie Madame La Roux?« Als die Frau bestätigend nickte, brach es aus Piper förmlich heraus. »Oh, ich habe alles über Sie gelesen. In den Kochbüchern von Remy Fortier. Kennen Sie ihn wirklich persönlich?«

»Aber selbstverständlich, *Cher*«, erklärte die Frau in einem dicken Cajun-Akzent.

Während Piper Madame La Roux mit allerlei Fragen über Remys bevorzugtes Mehl löcherte, streunten Prue und Phoebe ein bisschen umher und hoben hier und da kleine Fläschchen hoch, um ohne wirkliches Interesse den Inhalt zu inspizieren.

»Wofür ist all dieses Zeug bloß gut?«, murmelte Phoebe mit gesenkter Stimme.

»Als Piper was von Gewürzen sagte, dachte ich an Zimt und Muskat. Warum ist sie eigentlich so hinter Remys Lieblingsmehl her?«

»Weil er sein Gumbo damit auf einzigartige Weise verdickt«, gab Prue artig das wieder, was ihr Piper mit leuchtenden Augen erzählt hatte. Sie hob eine kleine Flasche hoch, auf der in zitteriger Schrift »Drachenblutschilf« stand, und zeigte sie Phoebe. »Wofür das hier gut sein soll, kann ich dir aber auch nicht verraten.«

Phoebe zog eine Grimasse. »Klingt so, als wäre es für diese neue Diät geeignet, mit der die asiatische Unterwelt ihre Gegner aus dem Weg räumt.«

»Na, da bleibe ich lieber bei Pfeffer und Salz.« Prue stellte die Flasche wieder auf ihren Platz.

»Nicht nur, dass viele meiner Gewürze von den angesehensten Küchenchefs der gesamten Region bevorzugt werden«, predigte Madame La Roux der völlig verzauberten Piper, die wie ein kleines Mädchen aussah, dem die Großmutter gerade ein Märchen erzählt. »Man verwendet meine Gewürze auch bei Voodooritualen. Sehen Sie das hier?« Prue beobachtete mit Interesse, wie die Ladeninhaberin Piper ein kleines weißes Päckchen vor die Nase hielt. »Das hier ist Jalot-Pulver. Man gewinnt es aus einer seltenen Wurzel namens *High John the Conqueror.*«

»Und was macht man damit?«, wollte Piper begierig wissen.

»Es ist ein wichtiger Bestandteil eines Rituals, mit dem man eine Person von einem bösen Fluch befreien kann. Man vermengt das Pulver mit einigen anderen Zutaten und streut das fertige Gemisch auf die Türstufen der verfluchten Person.«

»Und was ist das?« Piper nahm ein kleines, schrumpeliges Objekt aus einem Korb auf dem Tresen.

»Das ist eine Verbenawurzel, *Cher.* Man verwendet sie für einen besonders intensiven Liebeszauber. Es heißt, sie verwandelt die Menschen in leidenschaftliche Sklaven ihrer körperlichen Gelüste.«

»Hey, Phoebe, vielleicht solltest du Randy mit diesem Zeug einschmieren, sobald wir wieder im Hotel sind«, neckte Piper ihre Schwester.

»Keine Magie, du erinnerst dich doch«, zischte Phoebe mit gepresster Stimme zurück und lächelte Madame La Roux harmlos an. Die alte Frau blickte Phoebe bloß mit ihren sehr intensiv geschminkten Augen aufmerksam an. Die dicken Schlupflider verliehen ihnen einen müden Zug, der aber täuschte. Diesen Augen entging nichts.

»Kaufen die Leute dieses Zeug wirklich für Voodooflüche?«, wollte Prue neugierig wissen.

»Voodoo ist in New Orleans nichts Ungewöhnliches oder gar Seltenes«, erklärte Madame La Roux mit einem Achselzucken. Sie neigte sich Prue so weit entgegen, dass sie den Knoblauchgeruch, der ihr entgegenschlug, noch deutlicher wahrnahm. »Ich bin übrigens eine Expertin auf dem Gebiet.«

»Tatsächlich?« Prue tat so, als wäre sie beeindruckt. Sie konnte sich lebhaft vorstellen, wie diese Frau reagieren würde, wenn sie herausfände, dass sie sich gerade in der Gesellschaft von drei echten Hexen befand, die wirkliche Magie verwendeten, nicht diesen Voodoo-Hokuspokus.

Die alte Frau nickte und sah Prue nachdenklich an. Diese verlagerte ihr Gewicht und fühlte sich auf einmal unwohl. Vielleicht wusste die alte Frau es schon. Etwas an dem Ausdruck in ihren Augen war sehr seltsam.

»Wir sollten jetzt gehen«, meinte Phoebe abrupt. »Wissen Sie, wir müssen allmählich zurück ins, äh ... Hotel. Es liegt so furchtbar weit weg.«

»Wo wohnen Sie denn?« Die Frage von Madame La Roux hatte einen Unterton, der Piper Angst machte.

»In einer Stadt namens Gaspard«, berichtete Phoebe. »Sie liegt sehr weit außerhalb in den Bayous, bei Albertine. Ungefähr 30 Meilen ...«

»Ich weiß, wo dieser Ort liegt«, unterbrach die alte Frau Phoebes Redeschwall. Fast schien es, als würden ihre Augen zu leuchten beginnen. »Wo in Gaspard wohnen Sie genau?«

»Im Haus der Montagues«, antwortete Prue.

Madame La Roux sog tief erschrocken Luft ein. »Aber ... dort dürfen Sie nicht bleiben!«

»Warum nicht?«, fragte Prue langsam. Sie und ihre Schwestern sahen einander besorgt an und blickten dann wieder in das vor Schrecken verzerrte Gesicht von Madame La Roux.

»Weil«, fing die Frau an. Sie fuhr sich mit der zitternden Rechten durch das rote Haar und schüttelte ihren Kopf. »Weil jeder in New Orleans von dem Haus der Montagues weiß.«

»Nun, wir sind nicht aus New Orleans«, erinnerte Piper sie höflich. »Was weiß jeder von dem Haus?«

»Dass dieser Ort böse ist«, brachte Madame La Roux mit rauher Stimme hervor. »Dass an diesem Ort das *wahre* Böse lebt.«

5

DAS BÖSE? Phoebe blinzelte. Ihr Magen zog sich zusammen. Hatte sie sich vielleicht gerade verhört?

»Was meinen Sie damit, das Haus der Montagues sei böse?«, fragte Prue genau in dem Moment, in dem zwei alte Damen vor der Auslage stehen blieben.

»Psst!« Madame La Roux hielt sich mahnend den linken Zeigefinger vor den Mund. Mit tiefer Stimme sagte sie: »Ich bedauere sehr, aber das kann ich Ihnen nicht verraten.«

»Warum nicht?«, wollte Piper wissen.

Phoebe mischte sich in das Gespräch ein, und es war ihr egal, ob die Neuankömmlinge etwas mitbekamen. »Sie können uns nicht einfach erzählen, dass wir in Schwierigkeiten stecken und dann nicht damit herausrücken wie und warum?!«

»Ich muss mich um meine zahlenden Gäste kümmern«, antwortete Madame La Roux spitz. Sie drehte sich um und wandte sich an die beiden Kundinnen. »Guten Morgen, meine Damen. Womit kann ich Ihnen behilflich sein?«

Prue gestikulierte in Richtung ihrer Schwestern. »Ich verstehe. Lasst uns gehen.«

»Wir können nicht einfach gehen«, protestierte Phoebe. »Wir müssen herausfinden, von was sie da geredet hat.«

Prue war schon auf dem Weg zur Tür. »Nun, sie wird uns offensichtlich nichts erzählen, solange wir nichts kaufen.«

»Aber das ist doch gar kein Problem. Ich wollte ohnehin etwas kaufen«, sagte Piper schnell. »Schließlich kauft Remy hier seine Gewürze. Ich ...«

»Piper, dieses Zeug bekommst du überall im French Quarter«, fauchte Prue.

»Aber ...«

»Sieh mal, diese Frau will uns linken. Sie glaubt, wenn sie uns nur richtig Angst macht, kann sie uns ein paar Dollar abquatschen. Verschwinden wir von hier.« Prue ging energischen Schrittes an Madame La Roux vorbei, die den beiden Kundinnen gerade ein Glas zeigte, in dem sich ein grünliches Pulver befand.

Phoebe zögerte und sah Piper an. »Prue hat vermutlich Recht«, stellte sie mit leiser Stimme fest. »Aber was ist, wenn Madame La Roux nun doch die Wahrheit sagt?«

»Nur einen kleinen Augenblick«, murmelte die alte Frau gerade ihren Kundinnen zu. Sie trat wieder zurück ins Innere des Standes. Sie nahm ein Päckchen aus einem Kasten hervor, der unter dem Tresen verborgen war, und warf es Piper zu. »Hier, *Cher*, kaufen Sie das hier. Remy nimmt es für seinen berühmten Shrimpsauflauf. Normalerweise verlange ich 15 Dollar, aber für Sie, meine Liebe, gehe ich auf 10 runter. Wie ...«

»Nein!«, sagte Prue energisch. Sie war wieder zurückgekehrt und fing das Päckchen auf, bevor es in Pipers ausgestreckter Hand landete. »Wir gehen jetzt!«

Sie schmiss das Päckchen achtlos auf den Tresen, legte ihren Schwestern die Arme um die Schultern und zog sie förmlich aus dem Laden hinaus.

»Madame La Roux ist wirklich ein durchtriebenes Miststück«, fluchte sie aufgebracht. Mit einem Kopfschütteln unterstrich sie ihre Meinung.

»Und wenn nicht?«, fragte Phoebe. Ihr kam diese ganze Angelegenheit mit jeder Sekunde seltsamer vor. »Sollten wir uns nicht wenigstens anhören, was sie über die Montagues zu sagen hat? Piper wollte sowieso etwas kau ...« Phoebe blieb wie zur Salzsäule erstarrt stehen und lehnte sich gegen einen Laternenpfahl. Ihr Magen fühlte sich plötzlich ziemlich gereizt an. »Leute, mir geht es nicht gut«, erklärte sie.

»Du siehst auch nicht besonders gut aus«, bestätigte Piper, nachdem sie ihrer Schwester ins Gesicht geschaut hatte.

»Na, vielen Dank«, stichelte Phoebe, während Prue ihr die Hand auf die Stirn legte. Prues Hand kam ihr eiskalt vor.

»Deine Stirn ist ziemlich heiß.« Prue klang besorgt. »Vielleicht brütest du etwas aus. Wir fahren zurück ins Hotel. Das wird das Sicherste sein.«

»Einspruch.« Phoebe lächelte schwach. Die Vorstellung, sich in ein frisch gemachtes Bett zu legen, behagte ihr sehr. Die Vorstellung, zurück zum Haus der Montagues zu fahren, gefiel ihr dagegen überhaupt nicht. Sie konnte die Erinnerung an diesen seltsamen Traum nicht abschütteln. Aber war es denn überhaupt ein Traum gewesen? An einer Stelle waren ihre Haare tatsächlich über Nacht kürzer geworden.

Und dann war da noch ihre Vision. Das vor Todesangst panische Mädchen.

Sie hoffte inständig, dass Prue Recht hatte, was die Warnung von Madame La Roux anging – dass es sich dabei nur um eine geplante Abzocke handelte. Doch tief innen drin fragte sie sich, ob die alte Frau nicht doch die Wahrheit über das Haus der Montagues gesagt hatte. Was, wenn dieser Ort *doch* böse war?

»Prue, soll Ingwer bei Reizmägen nicht sehr hilfreich sein?«, fragte sie plötzlich. »Hast du nicht mal erwähnt, dass Oma dir oft Ingwertee gemacht hat, wenn es dir nicht so gut ging?«

»Ja, das stimmt«, bestätigte Prue. Die Erinnerung an ihre Großmutter zauberte ein Lächeln auf ihr Gesicht.

»Nun, ich bin mir sicher, dass Madame La Roux auch Ingwer-Wurzeln im Angebot hat.«

Phoebe drehte sich um und ging wieder in Richtung des Verkaufstandes. »Also werde ich welche kaufen. Ich bin gleich wieder da.«

Während Prue noch protestierte, dass sie ihr Geld woanders ausgeben sollten, lief Phoebe schon los. Sie wollte nur eine Minute ungestört mit der Frau reden und sie fragen, warum sie diese Dinge über das Montague-Haus gesagt hatte.

Kurz vor der Auslage des Standes blieb sie stehen, da die Stimme der mysteriösen Verkäuferin bis auf die Straße drang. Man konnte ja mal kurz reinhören. Die Stimme von Madame La Roux hatte einen besorgten Tonfall angenommen.

»Sagten Sie gerade, dass Sie in der Villa Convento übernachten?«

»Ja, genau«, bestätigte einer der Kundinnen, die offensichtlich von Madame La Roux hinter die Theke gebeten worden waren. »Dort ist es wirklich wunderschön.«

»Gewiss ist es dort wunderschön, *Cher*, aber dieser Ort ist verflucht. Doch machen Sie sich keine Sorgen. Rein zufällig habe ich hier etwas Jalop-Pulver, das während Ihres Aufenthaltes alle bösen Mächte von Ihnen fernhalten wird.«

Phoebes Mund klappte auf. Dann lächelte sie.

Also hatte Prue doch richtig gelegen. Madame La Roux *war* ein durchtriebenes Miststück. Sie erzählte allen Touristen, die in die Nähe ihres Ladens kamen, dass die Häuser, in denen sie während ihres Aufenthaltes übernachteten, verflucht seien – nur um ihnen sofort ein paar angeblich besonders hilfreiche Gewürze und Pulver aufzuschwatzen. Dann war das Haus der Montagues also doch nicht böse.

»Und? Hast du keine Ingwerwurzeln bekommen?«, fragte Piper, als Phoebe nach wenigen Minuten zu ihren Schwestern aufgeschlossen hatte.

»Die hat mir jemand vor der Nase weg geschnappt«, sagte Phoebe. »Lasst uns einfach zurück zum Hotel fahren. Mir ist nach einem Schläfchen und mein Magen wird anschließend auch wieder fit sein. Heute Abend soll's schließlich rundgehen.«

Phoebe lag nun schon eine ganze Weile im Bett, konnte aber nicht einschlafen. Sie beschloss, ins Erdgeschoss zu gehen und in der Küche nach etwas Ingwertee zu suchen.

Vorhin in der Stadt hatte sie nicht geschwindelt – Oma hatte wirklich behauptet, dass Ingwer bei Magenproblemen half.

Auf ihrem Weg zur Küche lugte sie kurz in die Bücherei und sah Prue, die am Schreibtisch saß und in ein Buch vertieft war.

»Prue?«

Ihre Schwester drehte sich um und machte einen abgelenkten Eindruck. Auch ihre Frage klang irgendwie geistesabwesend: »Hast du geschlafen?«

»Nicht wirklich. Ich habe kein Auge zubekommen.«

»Und wie fühlst du dich?«

»Besser«, antwortete Phoebe. »Wo ist Piper?«

»Ich glaube, sie wollte in den Garten gehen und sich eine Weile in die Sonne legen.«

Phoebe begab sich zum hinteren Ende des Hauses und überlegte, dass sie sich mit dem Ingwertee ja zu Piper gesellen konnte. Gegen eine hübsche Bräune hatte sie auch nichts einzuwenden ...

Ein Topfdeckel klapperte, als sie über die Türschwelle in die Küche trat.

Yvonne stand am Ofen und drehte Phoebe den Rücken zu. Auf der vorderen Flamme blubberte ein schwerer Kochtopf vor sich hin. Yvonne warf ein kleines Bündel Äste in den Topf.

Äste?, überlegte Phoebe. Mhhm, lecker. In Gedanken notierte sie sich, dass sie morgen früh mit der gebotenen Höflichkeit auf das Frühstück verzichten würde. Vielleicht war ihr Magen ja wegen Yvonnes leckerer Zutaten etwas gereizt. Vielleicht ...

Was war das?

Yvonne hielt noch etwas in der Hand.

Einen dunkelbraunen Klumpen ... irgendwas.

Irgendwas, das nach ... Phoebes eigenen Haaren aussah!

Unabsichtlich sog Phoebe keuchend den Atem ein.

Yvonne wirbelte herum, sah sie und warf das, was sie in der Hand gehalten hatte, sofort in den Topf. Ein Deckel versperrte die Sicht auf den Inhalt des Topfes. Yvonnes Blick blieb an Phoebe hängen.

»Was haben Sie da gerade hineingeworfen?«, wollte Phoebe wissen, nachdem sie sich wieder gesammelt hatte. Sie ging todesmutig auf Yvonne zu.

»Meine Rezepte verrate ich keiner Menschenseele!«

»Ich will kein Rezept! Ich will wissen, warum Sie gestern

Abend in mein Zimmer eingedrungen sind und mir ein paar Haare abgeschnitten haben!«

Yvonnes Gesicht verzog sich zu einem angewiderten Ausdruck. »Dummes Mädchen«, murmelte sie. Die Köchin schüttelte ihren Kopf und wandte sich wieder dem Topf zu. »Ihr habt ja keine Ahnung, mit welchen Mächten ihr euch hier anlegt.«

Voller Erstaunen starrte Phoebe einen Moment lang auf den Rücken der seltsamen Frau.

Dann machte sie auf dem Absatz kehrt und ging schnell wieder ins Foyer. Piper kam gerade durch die Vordertür ins Haus, eine Illustrierte und eine Tube Sonnenöl unter den Arm geklemmt. Randy folgte ihr dicht auf. Die beiden lachten und Piper flirtete wie verrückt.

»Wie schaut's aus, Phoebe? Geht's dir besser?«, fragte sie gut gelaunt.

»Ich muss mit dir und Prue reden. Jetzt. Komm schon.« Sie führte Piper in die Bücherei.

»Was stimmt denn nicht?«, wollte Prue wissen, die nur widerwillig von ihrem Buch aufsah.

»Diese durchgedrehte alte Köchin hat gerade einen ganzen Batzen meiner Haare in ihren Kessel geschmissen.« Phoebe versuchte, die in ihr aufkeimende Panik zu verbergen.

»Was?« Ihre Schwestern waren fassungslos.

Phoebe atmete tief ein und erzählte ihnen dann von dem Traum, den sie letzte Nacht gehabt hatte. Dass sie beschwören könnte, dass man ihr einige Haare abgeschnitten hatte, wie sie erst dank Pipers Hinweis bemerkt hatte.

»Aber warum sollte das irgendwer tun?«, überlegte Prue.

»Mir fällt beim besten Willen kein triftiger Grund ein. Darum dachte ich ja auch, es sei nur ein Traum gewesen ... bis jetzt«, sagte Phoebe. Sie beschrieb das eigentümliche Gebräu, das Yvonne auf dem Ofen hatte, und beteuerte noch einmal, dass ihr eigenes Haar zu den Zutaten zählte.

»Lass mich mal deinen Kopf sehen«, meinte Prue. Sie trat neben ihre Schwester und fuhr Phoebe mit den Fingern durch das Haar. »Ich sehe keine Stelle, an der Haare fehlen.«

»Vertrau mir einfach, sie fehlen«, beharrte Phoebe. »Und Yvonne hat sie gerade in ihr Voodoogebräu geworfen.«

»Sieh mal, ich verwende auch getrocknete Kräuter für meine Gerichte«, erklärte Piper. »Die Blätter und Stengel könnten für jemand Unkundigen mit Leichtigkeit nach etwas anderem aussehen. Wahrscheinlich hast du nur eine Handvoll Blätter gesehen. Mehr nicht, Phoebe.«

Phoebe überlegte einen Augenblick. Vielleicht hatte Piper ja doch Recht.

Sie senkte den Kopf und starrte auf den Fußboden, nur um nicht in die besorgten und – im Vergleich zu ihren eigenen verängstigten Zügen – frustrierend gelassenen Gesichter ihrer Schwestern blicken zu müssen. Die Bewegung ließ die gekürzte Haarpartie hinter dem Ohr hervorrutschen. Jeder Versuch Phoebes, die Strähne zurück zu klemmen, schlug fehl.

Mir hat todsicher jemand die Haare abgeschnitten, dachte sie. Phoebe drehte sich abrupt um und machte sich daran, aus dem Zimmer zu gehen.

»Wo gehst du hin?«, wollte Prue wissen.

»Zurück in die Küche. Ich will mir mal genau ansehen, was Yvonne so zusammenrührt.«

»Klingt so, als sollten wir besser mitgehen«, kommentierte Prue den Vorschlag ihrer manchmal unvorsichtigen Schwester. Sie stand auf und huschte schnell hinter Phoebe her. Piper war nur zwei, drei Schritte hinter ihr.

Als die Halliwells in die Küche marschierten, sah Yvonne, die gerade wieder einen Deckel auf den Topf schob, fast schon gelangweilt auf.

»Würden Sie mir verraten, was Sie da kochen, Yvonne?«, fing Prue an.

»Aber ja doch. Gumbo.«

»Gab es nicht gerade erst vor ein oder zwei Tagen Gumbo?«, fragte Piper.

Yvonne lachte. »*Cher*, in dieser Gegend essen die Menschen tagtäglich Gumbo.«

»Dürfen wir es uns mal ansehen?«, erkundigte sich Phoebe.

»Selbstverständlich.« Yvonne nahm den Deckel vom Topf in die Hand.

Piper, Phoebe und Prue traten näher an den Ofen. Phoebe wappnete sich schon für den bestimmt arg grausigen Anblick, der sich ihr in wenigen Sekunden bieten würde.

Sie blickten in den Topf und sahen ...

»Gumbo«, stellten die Schwestern etwas überrascht fest.

»Sieht toll aus, Yvonne.« Mit einem schüchternen Lächeln versuchte Piper die Situation zu entschärfen.

»Entschuldigen Sie bitte die Störung«, fügte Prue hinzu.

Als Phoebe wieder aus der Küche ging, fühlte sie sich noch kranker als zuvor. Hatte sie sich das bloß eingebildet? War sie einfach zu gestresst? Zu angespannt und zu verängstigt, um wie ein rational denkendes menschliches Wesen zu handeln?

»Phoebe, wo läufst du denn jetzt schon wieder hin?«, rief Prue ihrer Schwester nach.

»Wieder nach oben«, gab die jüngste Halliwell-Schwester über ihre Schulter Antwort. »Ich glaube, ich sollte mich besser eine Weile hinlegen.«

»Phoebe, wir wollten doch zum Abendessen wieder in die Stadt fahren«, erinnerte sie Piper.

»Wisst ihr was? Fahrt einfach ohne mich. Mein Magen ist immer noch total durcheinander.«

Prue wollte Gewissheit. »Bist du dir sicher?«

»Absolut sicher.«

Wieder in ihrem prunkvoll ausgestatteten Zimmer angekommen, betrachtete Phoebe ihr Ebenbild im Spiegel. Mit mürrischer Stimme wandte sie sich an ihr Gegenüber. »Wahrscheinlich diskutieren sie gerade, ob ich nun vollständig weggetreten bin.« Zum wiederholten Mal versuchte sie erfolglos, sich die Strähne hinter das Ohr zu klemmen.

Schlaf. Sie brauchte Schlaf. Nach einem langen Nickerchen würde alles wieder normal sein. So musste es einfach sein.

6

»OKAY, ICH WOLLTE dich nur wissen lassen, dass ich nicht drei Stunden lang darauf warten werde, dass endlich ein Tisch frei wird.« Prues entschlossene Miene unterstrich ihre Worte, als sie sich an Piper wandte.

Diese warf dem empört dreinschauenden Kellner ein Tut-mir-Leid-dass-meine-Schwester-eben-so-unhöflich-war-Lächeln zu und fragte Prue dann: »Warum nicht? Du hast gesagt, wir könnten hier essen.«

»Ich habe gesagt, wir könnten hier essen, wenn wir innerhalb einer vertretbaren Zeitspanne einen freien Tisch bekommen. Drei Stunden sind nicht vertretbar! Ich verhungere allmählich. Lass uns gehen.« Prue packte ihre Schwester am Arm und schob sie in Richtung Tür.

»Wir sehen uns wieder«, versprach Piper dem Kellner des »Remy's« auf dem Weg nach draußen.

»Wir« wird ohne mich stattfinden, dachte Prue. Von diesem Restaurant habe ich die Nase gestrichen voll. »Nun komm endlich. Wir gehen zum Café unten an der Straßenecke.«

»Ich weiß nicht, ob wir dort noch mal essen sollten«, überlegte Piper, als die beiden auf die Royal Street traten.

Die Luft war feucht und das Licht der frühen Abendsonne wurde schwächer.

Ein leichter Regen fiel vom Himmel. Prue setzte sich die Kapuze ihrer Regenjacke auf. »Warum nicht? Du hast selbst gesagt, dass das Essen lecker war.«

»Das stimmt schon, aber Phoebe geht es gar nicht gut«, gab Piper zu bedenken. Auch sie zog sich ihre Kapuze über den Kopf. »Vielleicht hat sie eine Lebensmittelvergiftung, und es könnte an etwas liegen, was sie dort gegessen hat.«

»Wir haben alle dasselbe gegessen«, gab Prue zu bedenken, während sie die Straße entlang schlenderten. Der Regen gewann nun an Intensität.

»Na ja, vielleicht hat das Essen anders auf sie gewirkt.«

»Wahrscheinlich muss sie die Krankheit bloß ausschlafen. Oder«, und ein Lächeln stahl sich auf Prues Gesicht, »vielleicht hat sie die Magenprobleme auch nur vorgetäuscht. So hat sie freie Bahn, um ein bisschen mit Randy zu flirten.«

»Das klingt ganz nach Phoebe«, stimmte Piper ebenfalls lächelnd zu. »Sieh mal, ich mag nicht so weit laufen. Wenn das so weiter schüttet, sind wir bald bis auf die Knochen durchnässt, und das Café ist gleich da drüben. Geben wir dem Laden noch eine Chance.«

Bei einer heißen Flusskrebssuppe und einem Teller voll saftiger, gebratener Austern diskutierten sie ihre Pläne für den Abend. Eine Fahrt auf einem echten Mississippidampfer klang zwar sehr verlockend, aber dafür war das Wetter einfach zu schlecht.

»Wir könnten auch ins Museum gehen«, schlug Prue vor.

Piper stöhnte. »Ins Museum? Mit dir? Das würde ewig dauern.«

»Hast du einen besseren Vorschlag?«

»Fahren wir zum Superdome«, platzte es förmlich aus Piper heraus. »Den wollte ich schon immer mal sehen.«

»Das ist bloß ein großes Stadium«, winkte Prue wenig begeistert ab. »Davon mal ganz abgesehen, habe ich mich schon von dir ins ›Remy's‹ schleppen lassen. Jetzt bist du mal mit Nachgeben dran.«

»Ja doch, ja doch, ja doch«, maulte Piper. »Und was hast du dir vorgestellt?«

»Wie wäre es mit dem Voodoomuseum von Gabrielle Toussant?« Prue guckte erwartungsvoll.

»Geht in Ordnung«, stimmte Piper zu. Sie wischte sich die Hände an einer Serviette ab und schob ihren Stuhl zurück. »Vielleicht ist es gar nicht so schlecht, dass Phoebe uns nicht begleiten konnte. Ein Besuch im Voodoomuseum hätte ihr wahrscheinlich den Rest gegeben.«

»Eben.« Prue erhob sich und die beiden Halliwells gingen zur Tür. »Phoebes Phantasie muss nicht noch gefüttert werden.«

Nachdem sie kurz den Stadtplan mit Gabrielles Visitenkarte verglichen hatte, führte Prue ihre Schwester direkt in den Irrgarten aus schmalen Straßen und winkeligen Gassen hinein. Zehn Minuten später standen sie vor einem dreistöckigen Gebäude, das offensichtlich früher als Wohnhaus fungiert hatte. Über ihren Köpfen waren zwei aus Eisen geschmiedete Balkone in die Außenwände eingelassen, an deren Rändern wuchtige Töpfe voller exotisch anmutender Blumen befestigt waren, die so gar nicht zu dem stürmischen Wetter und dem Schild mit der Aufschrift *Voodoo Museum* passen wollten.

Piper und Prue gingen durch einen kleinen Vorhof zur Eingangstür. Als Prue gegen die Tür drückte, ging diese auf und gab den Blick auf ein kleines Foyer frei, das nur von ein paar flackernden Kerzen erhellt wurde. Die Einrichtungsgegenstände stammten alle aus dem 18. Jahrhundert. Irgendwie war es fast so, als seien sie in das Haus eines Fremden hineingestolpert. Nur der offiziell aussehende Schreibtisch direkt gegenüber der Eingangstür verhinderte den gänzlich privaten Eindruck.

Eine junge Frau hatte hinter dem Schreibtisch Platz genommen und ließ sich von einem Tischventilator kühle Luft ins Gesicht wehen. Die feucht glänzenden, vollen Lippen und die enormen braunen Augen verliehen ihr ein umwerfendes Aussehen. Sie trug ein langes blaues Sommerkleid mit langen Ärmeln, das sich prächtig in das altmodische Ambiente einfügte. Das lange, hellbraune Haar hatte sie zu einem voluminösen Zopf zurückgebunden, der hinter der linken Schulter verschwand.

»Möchten Sie das Museum besichtigen?«, fragte sie in einem leichtem örtlichen Akzent.

Prue nickte. »Und bei Gabrielle Toussant vorbeischauen, falls sie gerade abkömmlich ist.«

»Oh, das ist meine Schwester«, freute sich die junge Frau. Nun, wo sie es wusste, fiel Prue auch die Ähnlichkeit zwischen den beiden Frauen auf. »Mein Name ist Helene Toussant.«

»Hi, ich bin Prue Halliwell, und das ist meine Schwester Piper.«

»Oh, dann sind Sie die jungen Damen, die Gabrielle vor ein paar Tagen am Flughafen kennengelernt hat«, vermutete Helene. »Sie hat mir erzählt, was vorgefallen ist. Allerdings hat sie von drei Frauen gesprochen.«

»Das ist auch richtig, aber unsere Schwester Phoebe ist noch im Hotel und ruht sich aus«, erklärte ihr Piper, »aber sie kann Museen eh nicht besonders viel abgewinnen. Nachtclubs und Bars liegen mehr auf ihrer Wellenlänge.«

»Dann muss sie unbedingt im ›Seven Tuesdays‹ vorbeischauen. Das ist der beste Tanzclub im ganzen French Quarter. Mein Freund Andre ist dort Barkeeper. Da steigt jeden Abend die größte Fete des Jahres.«

»Klingt lustig«, stimmte Prue zu. »Wir werden Phoebe bestimmt davon erzählen. Ist Gabrielle denn überhaupt da?«

»Sie ist im Büro und führt gerade ein Ferngespräch. In der Zwischenzeit kann ich Sie ja schon mal herumführen. Interessieren Sie sich für Voodoo?« Helene führte sie zu einer Tür.

»Absolut«, sagte Prue in derselben Sekunde, in der Piper ein deutliches »Nein« von sich gab.

Sie sahen einander kurz an.

»Ich bin daran interessiert«, führte Prue nochmals aus. »Meine Schwester dagegen begleitet mich nur, um ein bisschen Spaß zu haben.«

Helene sah Piper an, die bis über beide Ohren grinste. »Spaß, Spaß, Spaß und noch mal Spaß. So bin ich«, erklärte Piper. Als Helene sich wieder von ihr wegdrehte, warf sie Prue einen wütenden Blick zu.

Ihre Gastgeberin führte sie in einen großen Saal, in dem lauter Glaskästen standen. Hier waren noch mehr flackernde Kerzen, und die unheimliche Atmosphäre wurde zusätzlich von einem quietschenden alten Ventilator intensiviert, der an einem geöffneten Fenster stand.

»Soll ich Ihnen von der Geschichte des Voodoo berichten oder ist Ihnen eine verkürzte Fassung lieber?« Helene sah ihre Gäste aufmerksam an. Sie schien ihren Job ernst zu nehmen.

»Prue fährt total auf Geschichte ab«, erklärte Piper gegen die Wand gelehnt und mit vor der Brust verschränkten Armen. Sie wirkte absolut uninteressiert. »Machen Sie ihr doch die Freude und erzählen Sie uns alles.«

»Fein, fein. Also ...« Helene drückte auf einen Knopf.

Eine nur wenige Schritte entfernte Ausstellungsfläche erwachte zu gespenstischem Leben. Lebensgroße Figuren tanzten um einen flackernden Ring aus Feuer herum und hoben dabei ihre Arme in die Höhe empor. Ein unheimlicher Gesang erfüllte plötzlich den Raum. Prue war klar, dass es sich nur um mechanische Figuren und einen auf Band aufgezeichneten Klangteppich handelte, aber sie bekam trotzdem eine Gänsehaut.

»Die Magie des Voodoo fand im mittleren bis späten 17. Jahrhundert ihren Weg nach New Orleans, zusammen mit den Sklaven, die von den französischen Inselkolonien wie Martinique, Guadeloupe oder Santo Domingo herangeschafft wurden«, begann Helene ihren Vortrag. Sie berichtete, dass die Hohepriester des Voodoo hauptsächlich Mischlinge waren, obwohl sich die Mehrheit der Voodoogläubigen in den folgenden Jahren aus Sklaven rekrutierte. »Den größten Einfluss hatten die Voodooköniginnen, während die zauberkundigen Voodoomedizinmänner an zweiter Stelle im Machtgefüge rangierten«, fuhr sie fort und führte die Halliwells zu einem zweiten, kleineren Glaskasten. Sie deutete auf die Gestalt im Inneren des Kastens. »Diese zeremonielle Kleidung soll angeblich der berüchtigten Marie Laveau gehört haben!«

Piper stutzte kurz und fragte rasch nach: »Wem?«

»Sie war gegen Mitte des 18. Jahrhunderts die mächtigste Voodookönigin im gesamten Großraum von New Orleans«, erklärte Helene.

Prue trat dichter an den Glaskasten heran und betrachtete die Figur. Sie hatte die für Mischlinge typische hellbraune Haut und trug ein langes gelb-rotes Kleid sowie ein um die Stirn gebundenes Kopftuch aus Madras. Die geschminkten Augen schienen sich in Prues Kopf zu brennen und sie blickte schnell in eine andere Richtung. Ihr fiel eine Hinweistafel an der Seite des Glaskastens auf. In wenigen Zeilen wurde dort erzählt, wie die legendäre Voodookönigin die schwarze Magie aus dem Reich der Sagen und Legenden in die wirkliche Welt brachte und binnen kürzester Zeit sowohl Aristokraten wie auch verurteilte Mörder zu ihrer Gefolgschaft zählen konnte.

»Marie Laveau soll extrem starke übernatürliche Kräfte besessen haben, die von Weißen und Schwarzen gleichermaßen anerkannt und respektiert wurden. Wie man sich denken kann, gab es derartige Meinungsüberschneidungen im 19. Jahrhundert eher selten. Die Menschen pilgern auch heute noch zu ihrer Grabstätte, um mit ihrem Geist in Verbindung zu treten und um Hilfe zu bitten.«

Prue war froh, als Helene endlich in Richtung des nächsten Glaskastens schritt. Noch während sie sich den Inhalt des Kastens ansah – eine reichhaltige Sammlung der verschiedensten Talismane und Amulette, sowie kleine rote Flanell-Beutel – spürte sie, dass sie eine seltsame Empfindung überkam. Ihr wurde klar, dass diese Gegenstände ebenso wirklich und tatsächlich wie die Magie waren, die sie und ihre Schwestern tagtäglich ausübten. Ebenso wirklich und ebenso mächtig.

»Das hier sind Gris-Gris-Beutel«, erklärte Helene. »Voodookundige ließen sie einst auf den Türschwellen jener zurück, denen sie Schaden zufügen wollten.«

»Und was war in den Beuteln?«, erkundigte sich Piper.

»Viele Dinge. Für gewöhnlich befanden sich Kräuter und Pulver darin, manchmal auch Federn und Schlangenschuppen. Oder auch Fingernägel oder Haare.«

Haare.

Das Wort sprang Prue förmlich an und versetzte ihr einen Adrenalinkick.

Sie spürte, wie Piper sie ansah, und drehte sich wie in Zeitlupe in die Richtung ihrer Schwester. Die beiden tauschten einen sehr beunruhigten Blick aus.

»Ist alles in Ordnung?«, fragte Helene besorgt.

»Ähm, natürlich, ja«, bestätigte Prue. Mit der Hand fächelte sie sich etwas frische Luft zu. »Hier drinnen ist es bloß sehr warm. Das ist alles.«

»Ich weiß. Ich wünschte wirklich, wir könnten uns eine vollautomatische Klimaanlage leisten.« Helene zauberte ein um Entschuldigung heischendes Lächeln auf ihr Gesicht. »Aber dieses Museum befindet sich erst seit einem Jahr in unserem Besitz, und solange wir noch keine schwarzen Zahlen schreiben ... nun ja, müssen wir uns mit unseren Ventilatoren begnügen.«

»Ist nicht so tragisch«, nahm Prue die Entschuldigung an. »Bitte erzählen Sie weiter, Helene.«

Gabrielles Schwester setzte ihren Bericht über die Gris-Gris-Beutel und die Geschichte des örtlichen Voodookultes fort. Gemäß ihrer Erzählungen unterschied er sich grundlegend von den Kulten auf Haiti oder den auf dem afrikanischen Kontinent ansässigen Formen. Sie zeigte den Halliwells einen Kasten, in dem sich einige Fläschchen und Päckchen befanden, in denen Pulver und Kräuter aufbewahrt wurden, die man für Zaubersprüche verwendete.

»Manche der notwendigen Zutaten findet man in den meisten amerikanischen Hinterhöfen.« Sie zeigte auf ein paar getrocknete Rosenknospen. »Andere wiederum, wie gedörrte Echsen oder zermalmte Knochen, sind offensichtlich etwas schwieriger zu erstehen.«

Ihre Hand glitt zu einem anderen versteckten Knopf.

Die letzte Ausstellungsfläche in dem Saal erwachte zu Leben. Eine Frau war zu sehen, die sich in einer Hütte mit Strohdach befand. Sie war an einen Pfahl gefesselt, der in der Mitte der Hütte im Boden steckte. Zu ihren Füßen zeichnete sich ein rot gefärbter Kreis aus einer feuchten Masse ab.

»Dies ist ein *Oum'phor*«, kommentierte Helene die Darbietung. »Sie sehen einen Voodootempel. Die Frau ist an einen Opferaltar gefesselt.«

»Ich nehme mal an, das ist keine sehr angenehme Erfahrung?«, sagte Piper trocken.

Die mechanische Figur versuchte, sich aus der grausamen Falle zu befreien. Die Musik überdeckte ihr Wimmern und Flehen. Immer lauter und beängstigender erklangen die Gesänge und Trommelschläge, immer schneller und intensiver wurde die Darbietung.

Das geschieht nicht wirklich, musste sich Prue erinnern. Aber wenn dies hier bloß eine künstliche Nachstellung war, warum erfüllte die Panik dieser armen Frau dann den Raum?

»Warum wird sie denn überhaupt geopfert?«, erkundigte sich Piper.

»Um die *loa* zu befriedigen, jene Geister, die während der Voodoozeremonie angerufen werden. Die *Rada loa* sind die guten *loa*, die für Wärme und Dauerhaftigkeit stehen.« Helene hielt kurz inne. »Der Begriff *Petro loa* dagegen bezeichnet die dunklen Mächte, deren Gewalttätigkeit tödlich enden kann.«

»Und diese Frau soll den *Petro loa* geopfert werden?«.

Helene nickte bestätigend und fuhr mit gesenkter Stimme fort, fast so, als wollte sie es vermeiden, dass man sie belauschen konnte. »Diejenigen, die sich nicht scheuen, die mit den *Petro loa* in Verbindung stehende schwarze Magie auszuüben, werden von den Voodoo Praktizierenden guter Gesinnung gemieden.«

»Warum?«, fragte Piper.

»Weil sie gefährlich sind. Diese schwarzmagischen Zirkel nennt man *secret sociétes*. Wenn ein Gläubiger einen *Petro loa* herbeiruft, um in seinem Namen eine bösartige Tat zu begehen, so muss er den *loa* die Treue schwören. Diese Übereinkunft nennt man *angajan*. Sollte die Übereinkunft nicht eingehalten werden, muss der Gläubige die Rache jener dunklen Mächte fürchten.«

»Also der klassische Pakt mit dem Teufel«, murmelte Prue.

Helene lächelte. »Mehr oder weniger.«

Prue fragte sich, warum sie so beunruhigt war. Es musste an der Geräuschkulisse liegen, entschied sie. All das Trommeln und Rumgeheule konnte einen schon kribbelig machen. »Das

Trommeln kommt mir sehr seltsam und beunruhigend vor. Welche Bedeutung hat es?«

»Trommeln werden bei den meisten Voodooritualen gespielt«, gab ihr Helene als Antwort. »Werden die *Rada loa* herbeigerufen, erklingen die Trommeln in rhythmischen Abständen. Sollen sich die dunklen Mächte zeigen, entstehen ungleichmäßige, hässliche Tonfolgen.«

In dem Moment, in dem Helene ihre Stimme senkte, beendete auch das Tonband seinen Durchlauf. »Wenn diese dunklen Zeremonien aber im Geheimen abgehalten werden«, erkundigte sich Prue, »wie können Sie sich bei all dem so sicher sein?«

»Weil ich ...«

In genau dem Moment hörten sie Fußschritte und Stimmen aus dem Raum hinter sich. »Hallo? Ist da jemand? Haben Sie geöffnet?«

Helene freute sich sichtlich. »Oh, noch mehr Besucher. Wären Sie sehr enttäuscht, wenn ich Sie allein ließe?«

»Gar kein Problem«, versicherte ihr Prue. »Wir sehen uns hier mal um.«

Sie und Piper gingen in den nächsten Raum weiter, in dem sich eine Sammlung eingerahmter Photographien in Großformat befand. Prue prüfte ein Bild, auf dem eine Frau mit einem Turban einige Zentimeter über dem Boden schwebte.

Mit den Worten »Dieses Museum ist wirklich gruselig« verschaffte Piper ihren Gefühlen endlich Ausdruck. »Dieser ganze Singsang und die Opfergaben für Götter. Hühner. Ich meine, hallo, willkommen im wirklichen Leben!«

Prue warf ihrer Schwester einen mahnenden Blick zu. »Auch wir rezitieren Zaubersprüche.«

»Klar, auch wir rezitieren«, stimmte ihr Piper zu. »Aber wir lesen unsere Zaubersprüche einfach laut vor. Wir trommeln nicht wild in der Gegend herum.«

»Sind wir deshalb auch nur einen Funken normaler?« Prue drehte sich um, da sie glaubte, eine der Stimmen erkannt zu haben. »Ich glaube, ich habe Gabrielle gehört.«

Sie und Piper marschierten auf eine offenstehende Tür zu, die von der Galerie abging. Prue war sich sicher, dass sie die Stimme von Gabrielle Toussant gehört hatte, aber das, was ihre Zufallsbekanntschaft vom Flughafen da sagte, und insbesondere wie sie es sagte, veranlasste Prue, sich möglichst leise zu nähern. Auch Piper schlich auf leisen Sohlen.

Gabrielle klang erregt. »Du bist ihr zur Zeremonie gefolgt? Andre, ich dachte, sie hätte nichts mehr mit der *secret sociéte* zu tun.«

»Das dachte ich auch«, antwortete eine tiefe Männerstimme. »Aber du kennst Helene. Für sie steht der Begriff Voodoo bloß für Magie und Spaß. Sie will nicht verstehen, dass die *Petro loa* sie eines Tages zerreißen werden, wenn sie sie auch weiterhin anruft.«

»Hast du sie aufgehalten?« Gabrielles Frage brachte wenig Hoffnung zum Ausdruck.

»Ja«, bestätigte Andre. »Ich konnte sie abfangen, noch bevor sie zum Tempel gelangte. Wenigstens war sie gestern Abend einsichtig. Ich denke, wir sollten auch weiterhin vorsichtig sein und ein Auge auf sie werfen. Sie ist leicht zu beeinflussen.«

»Ich stimme dir zu«, antwortete ihm Gabrielle angespannt. Die lauter werdenden Stimmen und die Geräusche ihrer Schritte ließen für Prue nur einen Schluss zu: Gabrielle und ihr Gast würden gleich aus dem Zimmer kommen.

Prue warf Piper einen schnellen Blcik zu, als Gabrielle ihr Büro verließ. Begleitet wurde sie von einem großem gut aussehende Mann, der ein schwarzes T-Shirt und eine schwarze Jeans trug.

»Prue, Piper!« Ein breites Grinsen fand sich auf Gabrielles Gesichtszügen ein. »Ich bin so froh, dass ihr hier seid. Darf ich euch Andre vorstellen? Er ist der Verlobte meiner Schwester Helene. Prue und Piper kommen aus San Francisco und machen hier Urlaub«, erklärte sie Andre.

»Willkommen im Big Easy.« Sein Lächeln war wirklich charmant.

»Schaut doch mal im ›Seven Tuesdays‹ vorbei. Da arbeite ich. Ein toller Club. Da erlebt ihr mal, wie aufregend New Orleans ist.«

Gabrielle knuffte ihm spielerisch in die Rippen. »Und unser Museum ist nicht aufregend?«

Andre grinste sie an. »Nur wenn man aufs Makabere steht. Entschuldigt mich jetzt bitte.« Er lächelte die Halliwell-Schwestern an. »Ich muss Helene suchen. Wir haben eine Verabredung mit Freunden.« Mit schnellen Schritten verschwand er in Richtung Foyer.

»Und ihr habt euch das Museum angesehen?«, erkundigte sich Gabrielle.

Prue fiel auf, dass auch sie ein altmodisches Kostüm trug. Gabrielle hatte ihre schwarzen Haare hochgesteckt, so dass ihre Gesichtszüge und die großen dunkelblauen Augen noch mehr betont wurden.

»Helene hat uns herumgeführt«, erzählte Prue. »Sie hat uns von den *Petro loa* und den *Rada loa* erzählt. Eine faszinierende Geschichte.«

Gabrielle nickte. »So kann man es auch formulieren.«

»*Wenn* man daran glaubt«, trug Piper mit einem leicht zickigen Seitenhieb auf Prue zum Gespräch bei.

»Deine Schwester Helene scheint daran zu glauben.«

»Ebenso sehr wie ich daran glaube«, sagte Gabrielle. »Voodoo ist real, Piper, und die *secret sociéte*s sind überaus gefährlich.«

Prue war versucht, Gabrielle auf die Unterhaltung anzusprechen, die sie und Piper vor wenigen Minuten mitgehört hatten. War Helene etwa in eine *secret sociéte* verwickelt? Aber sie wollte Gabrielle gegenüber nicht erklären müssen, warum sie das Gespräch belauscht hatten.

Die Eingangstür des Museums öffnete und schloss sich.

»Klingt so, als hätten wir wieder Besucher«, freute sich Gabrielle. »Ich schaue besser mal nach. Seht euch ruhig um. Ich bin in ein paar Minuten wieder hier.«

Sie ging in Richtung Eingangstür fort und wenige Sekunden

später hörten Piper und Prue, wie sie sich angeregt mit einer Gruppe Touristen im angrenzenden Zimmer unterhielt.

Prue hockte sich vor einen Glaskasten, in dem gezeichnete Ebenbilder böser Geister gezeigt wurden. Manche von ihnen sahen wie Drachen aus, mit feurig roten Augen. Andere wiederum ähnelten eher zornigen Schlangen, die zum tödlichen Biss ausholten. Eines dieser Ungeheuer spuckte rotes Blut aus einem geöffneten Maul, aus dem riesige Fangzähne herausschauten.

»Was siehst du dir da an?« Piper lugte über Prues Schulter. Während sie die erschreckenden Bilder in Augenschein nahmen, waren beide für einige Zeit still. Dann mochte Piper nicht länger schweigen. »Weißt du, Prue, als wir hier in New Orleans angekommen sind, habe ich Voodoo nur als abergläubischen Unsinn angesehen. Aber die Gegenstände in diesem Museum ...«

»Ich weiß«, pflichtete Prue ihr bei. »Sie können einem ganz schön Angst einjagen.« »Lass uns verschwinden«, bat Piper schließlich. Das war genug Voodoo für einen Tag.«

»Dachte ich auch gerade«, lächelte Prue ihre Schwester an.

Sie verabschiedeten sich kurz von Gabrielle, die gerade eine Führung für einen ganzen Schwall älterer Touristen beginnen wollte.

»Oh, müsst ihr wirklich schon so früh gehen?« Sie war sichtlich enttäuscht.

»Leider ja, aber wir rufen dich an«, versprach Prue, bevor sie und Piper wieder hinaus ins regnerische New Orleans traten.

»Hast du vielleicht Lust auf den Superdome?«, lächelte Piper Prue hoffnungsvoll an.

»Gerne«, stimmte ihr ihre Schwester zu. Ihr war alles recht, was ihre Laune aufbessern konnte. Das Museum und die Ausstellungsgegenstände hatten sie wirklich beunruhigt.

Phoebe rieb sich den Schlaf aus den Augen, öffnete ihre Zimmertür und linste auf den Flur.

Niemand da. Wie spät war es eigentlich? Na toll, in ihrem Zimmer gab es keine Uhr, und ihre Armbanduhr hatte sie in

San Francisco vergessen. Davon erzählte sie besser nichts ihren Schwestern.

Sie hatte gehofft, dass sie sich nach einem Nickerchen besser fühlen würde, sowohl körperlich wie auch geistig, aber sie fühlte sich noch genauso beunruhigt wie vorhin. Und die Magenschmerzen waren schlimmer geworden.

Vielleicht habe ich etwas Verdorbenes gegessen. Oder einfach zu viel. Diese Sandwichs hätten für eine ganze Armee gereicht. Sie klopfte gegen Pipers Tür.

Keine Antwort, ebenso wie bei Prues Tür. Ihre Schwestern mussten noch immer in der Stadt sein – wahrscheinlich genossen sie gerade ein fantastisches Essen im »Remy's«.

Phoebe ging hinunter ins Erdgeschoss des imposanten Gebäudes, wo lange Schatten durch die geöffneten Fenster ins Innere fielen. Es war kein Geräusch zu hören. Als sie auf die Veranda trat, sah sie, dass die Sonne beinahe untergegangen war. Es musste also gegen 19 Uhr sein. Sie lief die paar Stufen zum Rasen hinab und tollte ein wenig herum.

»Hey«, rief ihr eine Stimme zu.

Es war Randy. Ihr fiel innerhalb eines Sekundenbruchteils auf, dass er bis auf ein paar abgeschnittene schwarze Jeans unbekleidet war. Sein braun gebrannter, muskulöser Oberkörper glänzte im verbliebenen Tageslicht. Er stand ein paar Meter entfernt über ein Blumenbeet gebeugt, das er offensichtlich gerade mit Wasser getränkt hatte.

»Was liegt an?«, rief er zu ihr herüber.

Phoebe entspannte sich und gönnte sich ein paar Sekunden, in denen sie sein von der Sonne gebleichtes, blondes Haar und die fein geschnittenen blauen Augen bewunderte. Sie ging gemächlichen Schrittes auf ihn zu. Okay, für ihn lohnte es sich, im Haus der Montagues zu bleiben. Yvonne hin, Yvonne her.

Und ihre Schwester Piper – auch bekannt als »Die Nebenbuhlerin« – war meilenweit entfernt auf Besichtigungstour.

»Hey, Randy. Ich geh' nur ein bisschen spazieren.«

»Geh' aber nicht zu weit raus, okay?«

»Warum nicht?«

»Da draußen gibt's jede Menge Schlangen und Alligatoren«, erklärte er mit einem coolen Nicken in Richtung der dichten Vegetation, die an das Grundstück angrenzte. »Wäre nicht so toll, wenn du für einen unserer schuppigen Freunde einen Snack abgeben würdest.« Er schwieg einen kleinen Moment. »Ich wette, sie würden dich sofort als süße Delikatesse erkennen.«

Phoebe schien von seinem Kompliment wärmer zu werden. Sie trat etwas dichter an ihn heran.

»Du kennst dich hier wirklich gut aus.«

»Das sollte ich auch. Schließlich lebe ich hier.«

»Du lebst hier?« Phoebe war überrascht. »Wo ist dein Zimmer?«

»Oh, nicht im Haupthaus. Das ist den Montagues und ihren Gästen vorbehalten. Mir gehört eine der Hütten da hinten. Da war früher die Waschküche drin. Yvonne lebt in dem Haus, in dem früher die Bahnwagen abgestellt wurden. Das Steinhaus, am Ende des Geländes.«

»Wirklich? Das habe ich noch gar nicht gesehen.«

»Ich zeig dir, wo es ist. Ich häng bloß schnell den Schlauch weg.« Er rollte den Gartenschlauch mit einigen geübten, schnellen Handbewegungen auf und hängte ihn wieder an die Hauswand. Sie umrundeten das Haupthaus. Randy erzählte Phoebe von den einheimischen Blumen, die er in den Beeten angepflanzt hatte.

Im passenden Moment checkte sie kurz, ob er einen Ehering trug. Nein. Das lief doch gar nicht schlecht. Sie überlegte, ob er heute vielleicht noch durch die Clubs ziehen wollte. Ihrem Magen würde es bis dahin sicherlich auch besser gehen.

Vielleicht würde sie ihn nachher darauf ansprechen.

»Das da hinten ist Yvonnes Haus.« Er deutete auf ein zweistöckiges Gebäude, dessen Wände aus großen Backsteinen zu bestehen schienen. Mit Moos zugewucherte Eichen umgaben Yvonnes Haus fast vollständig und machten es annähernd unsichtbar. »Meine Hütte ist da drüben.«

Sie folgte seinem ausgestreckten Arm und sah die Ansammlung kleiner Gebäude, die sie und ihre Schwestern gestern erkundet hatten. Dort hatte Yvonne auch ihre kryptische Warnung ausgesprochen. Phoebe fragte sich, ob sie Randy davon erzählen sollte.

Sicherlich, er war ein Fremder, aber vielleicht konnte sie ihm ja vertrauen. Sie wollte ihm so gerne vertrauen können.

»Hast du Lust, den alten Friedhof zu besichtigen?« Seine Frage war ernst gemeint.

Ihr fuhr ein Schauer über den Rücken. »Friedhof?«, wiederholte sie.

»New Orleans ist für seine Friedhöfe bekannt«, fuhr Randy fort. »Die Einwohner, die es sich leisten konnten, ließen prunkvolle Familiengrüfte errichten. Damals, als dieser Ort noch eine gut laufende Plantage war, beerdigte die Familie Montague ihre Blutsverwandten stets hier auf dem Gelände. Der Friedhof ist wirklich sehenswert.«

»Klingt ... interessant«, sagte Phoebe ohne Überzeugung. Okay, Randy stand also auf Friedhöfe. Das war ein Manko, aber andere Kerle hatten noch seltsamere Freizeitbeschäftigungen. Da musste man drüber hinwegsehen.

»Die Gräber sind wunderschön und sehr detailliert, und die Steine sind zu Statuen verarbeitet. Mein liebstes Stück ist ein geflügelter Engel, der über das Grab eines jungen Mädchens wacht.« Randys blaue Augen schienen in weite Ferne zu schweifen.

»Ein junges Mädchen?«, wiederholte Phoebe. »Wie ist sie gestorben?«

»Wer weiß?« Randy zuckte mit den Schultern und wandte sein Gesicht von ihr ab, so als sei ihm klar geworden, dass sie ihn beobachtete.

Vielleicht will er nicht, dass jemand seine sensible Seite entdeckt, überlegte Phoebe. Sie störte diese Seite keineswegs.

Der Pfad erstreckte sich durch dichtes Unterholz, das von der untergehenden Sonne in tiefe Schatten getaucht wurde. Hier draußen war der Boden recht sumpfig, was aber nicht verwunderlich war, wie Phoebe auffiel, denn sie wanderten nur ein paar Meter neben dem Wasser des unergründlichen Bayous.

Sie hielt sich dicht an Randy und erinnerte sich an seine warnenden Worte. »Also, wo sind denn die Alligatoren, hmmh?«, fragte sie ihn tapfer – und mit deutlich hörbarer Nervosität. »Sind die eigentlich groß? Ich meine, passt ein Mensch in ihre ...«

Phoebe beendete ihren Satz nicht. Statt dessen schrie sie gellend auf, als sich plötzlich etwas vor ihr auf dem Pfad aufbaute.

Eine riesige grüne Schlange.

Phoebe spürte, wie der Schock ihren Körper lähmte. Ohne flüchten zu können, sah sie zu, wie die Schlange zischte und sich langsam in Angriffsposition begab. Gleich würde sie Phoebe den tödlichen Biss versetzen.

Randy wirbelte herum, sah die Schlange und griff mit einer blitzschnellen Bewegung nach ihr.

Ungläubig und vor Angst zitternd beobachtete Phoebe, wie er die Schlange unterhalb ihres Kopfes packte und sie dicht vor sein Gesicht hielt. Erst wirbelte die Schlange aufgebracht umher, doch dann wurde sie immer ruhiger. Randy starrte ihr direkt in die Augen und flüsterte ihr etwas zu.

Diese Sprache hatte Phoebe noch nie zuvor gehört. Sie lauschte voller Anspannung und machte sich darauf gefasst, dass ihm die Schlange gleich ins Gesicht springen würde, doch das Reptil hing nun vollkommen reglos von Randys Arm herab.

Er kniete nieder und legte die Schlange vorsichtig zurück auf den Pfad.

Phoebe sprang zurück und unterdrückte einen Schreikrampf, aber die nunmehr friedliche Schlange zog gemächlich davon.

»Der Friedhof liegt in dieser Richtung.« Randy zeigte ihr den Weg, als sei nichts geschehen.

Phoebe wollte sich allerdings keinen Zentimeter weit bewegen. »Wie hast du das mit der Schlange gemacht?«

Randy grinste. »Ein kleiner Trick, den mir mein Großvater beigebracht hat. Er wuchs in den Bayous auf. Da lernt man so was.«

»Ist in dieser Gegend sicherlich nützlich.« Phoebe fragte sich, was für ein kleiner Trick das genau war. Fuhr Randy etwa auch auf der Voodooschiene?

Hatte Madame La Roux am Ende doch Recht? Ging im Haus der Montagues etwas Seltsames, etwas Gefährliches vor?

Sie kamen an eine Weggabelung. »Zum Friedhof geht's da entlang.« Randy zeigte nach links.

Phoebe machte einen Schritt vorwärts und rutschte auf dem matschigen Untergrund aus.

Sie packte Randy am Arm, um sich an ihm festzuhalten, und plötzlich überkam sie eine Vision.

Da war wieder dieses Mädchen, dieses zu Tode verängstigte Mädchen mit den blauen Augen, das sie auch schon in ihrer vorherigen Vision gesehen hatte. Die Kleine war von einem seltsamen, unerbittlichen Gesang umgeben. Ein Schatten lauerte über dem Mädchen, das verzweifelt über den Boden robbte, nur um diesem Schrecken zu entkommen. Sie schrie und der Schatten verschwand ... Dann erkannte Phoebe, dass es sich um ein gigantisches Reptil handelte, dessen aufgerissener Kiefer sich gerade über den Kopf des kleinen Mädchen legen wollte.

Phoebe keuchte.

Randy drehte sich um. »Bist du okay?«

Sie sah ihm ins Gesicht und nickte wortlos.

Was auch immer sie gerade gesehen haben mochte, es hatte irgendetwas mit Randy zu tun. Das konnte sie fühlen.

Was war mit dem Mädchen geschehen? War sie wirklich von einer riesigen Schlange gefressen worden? Und wenn ja – was hatte Randy, der Schlangenbeschwörer, damit zu tun?

Eines stand fest. Egal, wie sehr ihr Herz auch nach Randy verlangte, Phoebe musste diese Empfindung ignorieren. Ihm ihre Leidenschaft zu offenbaren, kam ihr mittlerweile wie eine extrem gefährliche Idee vor.

7

ALS PIPER AUFWACHTE, wusste sie nicht, was sie aufgeweckt hatte.

Sie suchte auf dem Nachttisch ihre Uhr. Als sie schließlich fündig wurde und die Leuchtanzeige in ihre Richtung drehte, lugte sie müde unter der Decke hervor und schaute auf die digitalen Ziffern. Ein paar Minuten nach Mitternacht.

Der Regen musste aufgehört haben. Vor einer Stunde war sie begleitet von dem einlullenden Klang der beständig aufs Dach klatschenden Regentropfen eingeschlafen. Piper stand auf und ging zum Fenster hinüber, um es zu öffnen und eine frische Brise ins Zimmer zu lassen. Doch dicke, feuchte Luft hing unverändert träge im Raum.

Phoebe.

Piper fragte sich, wie ihre Schwester wohl schlafen mochte. Sie ging auf den Flur hinaus und klopfte sachte gegen Phoebes geschlossene Tür. Keine Antwort. Sie öffnete die Tür und sah, dass Phoebe im Bett lag und schlief. Sie schlief aber nicht sonderlich gut, denn ihr Kopf drehte sich schnell auf dem Kopfkissen umher.

Piper zog die Tür leise ins Schloss. Sie ging in ihr Zimmer zurück und wollte sich ins Bett legen. Es ist zu heiß, entschied sie und wischte sich eine schweißnasse Strähne aus der Stirn. Sie trat auf den Balkon.

Da der Regen die Luft um ein paar Grad abgekühlt hatte, war es mittlerweile etwas angenehmer geworden. Piper stieg der süßliche Duft der tropischen Blumen in die Nase, der sich mit dem Aroma des feuchten Erdbodens und der Würzigkeit des Sumpfwassers verbunden hatte.

Sie ließ ihren Blick über die Rasenflächen hin zu den schwach beleuchteten Bäumen am hinteren Ende des Geländes wandern.

Piper kniff die Augen zusammen.

Da flackerte doch etwas, noch weiter draußen im Sumpf, außerhalb der Plantage.

Sie starrte in die Dunkelheit.

Ein Feuer?

Das war seltsam.

Bevor du gleich Panik bekommst, denk erstmal nach, ermahnte sie sich.

Vorhin hatte es ein kräftiges Gewitter gegeben. Was, wenn irgendwo der Blitz eingeschlagen hatte und dort draußen etwas brannte? Piper überlegte kurz, ob sie die Montagues wecken sollte, entschied sich aber dagegen. Wenigstens fürs Erste. Sie würde zunächst selbst nachsehen, was dort vor sich ging. Vielleicht war es ja nur Randy, der ein paar Kartoffeln über dem offenen Feuer grillte.

Aber um die Uhrzeit?, fragte ihre innere Stimme voller Zweifel.

Bei dieser Hitze?

Piper schlüpfte in eine Shorts, ein T-Shirt und Turnschuhe und machte sich auf den Weg durch das dunkle schlafende Haus. Ein Teil von ihr hatte Angst. Aber der andere Teil von ihr, der stärkere, musste sich dieser Situation einfach stellen. Wenn schon nicht andere, so musste sie sich wenigstens selbst beweisen, dass es da draußen nichts gab, vor dem sie Angst zu haben brauchte.

Es sprach doch absolut nichts dagegen, in einer feuchtwarmen Sommernacht einen kleinen mitternächtlichen Spaziergang zu unternehmen. Piper ging die Stufen zum Rasen hinab und blieb stehen.

Was war das?

Sie dachte, sie hätte Trommeln gehört. Nach einem bangen Moment wurde ihr klar, dass es sich um ihr eigenes, rasendes Herz gehandelt haben musste. Das war doch lächerlich. Ihr Herz hämmerte, als wäre sie in großer Gefahr, dabei konnte sie keine Gefahr erkennen.

Ich hätte eine Taschenlampe mitnehmen sollen, schoß es ihr durch den Kopf.

Doch schon bald wurde ihr klar, dass sie gar keine Taschenlampe brauchte. Kleine Scheinwerfer beleuchteten die Rasenfläche bis in den hintersten Winkel und die Wolken am Himmel waren einem Vollmond gewichen, der die über der Landschaft liegenden Nebelschwaden in ein unheimliches, weißes Leuchten tauchte.

Piper ging über den frisch gemähten Rasen zu dem Pfad hinüber, der zu der kleinen Häuserschar führte. Auf Höhe des letzten kleines Häuschens fing das Trommeln wieder an.

Sie blieb stehen und lauschte.

Okay, dann war es wohl doch nicht ihr Herz – wobei das in dem Moment auch sehr laut hämmerte. Das Trommeln, das durch die Nacht hallte, hatte einen seltsamen Rhythmus. Eigentlich schien es gar keinen Rhythmus zu haben ...

Piper stutzte. Sie erinnerte sich an das, was Helen ihnen vor ein paar Stunden im Museum erzählt hatte.

Dass das Trommeln zum Voodooritual gehörte und dass die Diener der *Rada loa* ein rhythmisches Schlagen des Instruments praktizierten, im Gegensatz zu dem unrhythmischen Trommeln der *secret sociétes*, die den bösartigen *Petro loa* untertänig waren.

Und das Trommeln, das sie in dieser heißen Juninacht umgab, war ganz gewiss unryhthmisch.

Piper überlegte kurz, ob sie nicht vielleicht doch besser umkehren und zurück auf ihr Zimmer gehen sollte. Nein, sie musste sich – und natürlich auch ihren Schwestern – beweisen, dass da nichts Böses war.

Leise huschte sie über den Morast, der durch die Regenfälle vom Abend noch feuchter als üblich war. Ein paar Vögel sangen hoch oben in den Bäumen und am Boden stimmten Dutzende Insekten zirpend und schwirrend in den Chorus ein. Moskitos sirrten ständig um Pipers Gesicht herum, und jedes Mal, wenn einer versuchte, sie zu stechen, schlug sie um sich.

Nach ein paar Minuten konnte sie das flackernde Feuer in einigen Metern Entfernung ausmachen. Es wurde im gleichen Maße größer, wie auch das Trommeln lauter wurde.

Dann hörte sie Stimmen. Mehrere Stimmen, die in einer ihr unbekannten Sprache einen Singsang intonierten.

Ihr Instinkt befahl ihr, sich sofort umzudrehen und in Höchstgeschwindigkeit zurück zum Haus zu laufen, aber sie ignorierte diesen Instinkt. Schließlich hatte sie gegenüber den Mitternachtssängern und -trommlern einen entscheidenden Vorteil: Die mochten ja jahrhundertealte übernatürliche Rituale abhalten, aber sie besaß wirkliche Kräfte. Und sie war garantiert vor allem geschützt, was diese Leute auffahren konnten.

Piper schob ihre Befürchtungen beiseite und ging weiter. Ein paar Meter vor ihr zeichnete sich eine Lichtung im Sumpf ab.

Sie schlich durch die Schatten am Rande des Pfades, von Baum zu Baum gleitend und jedes Geräusch vermeidend. Mit jedem Schritt schlug ihr Herz lauter. Trotz der Hitze hatte sie überall am Körper Gänsehaut.

Sie konnte spüren, dass Magie in der Luft lag. Die Trommelschläge wurde schneller, der Singsang intensiver.

Als sie sich einen Schritt zu weit vom Pfad entfernte, versanken ihre Schuhe im Sumpf. Sie befreite sich fast geräuschlos und schlich näher auf das Feuer zu, wie hypnotisiert von den Geräuschen, der flackernden Flamme, dem übermächtigen Wunsch zu sehen ... zu verstehen.

Nun konnte sie die Stimmen deutlicher ausmachen. Eine männliche Stimme ertönte lauter als der Rest und befahl sofortige Ruhe. Piper ging noch einen Schritt dichter heran und lugte hinter einer massiven Eiche hervor.

Auf der Lichtung sah sie einige in rote Roben gehüllte Gestalten, die sich kreisförmig um ein Feuer aufgebaut hatten. Gesichter konnte sie keine erkennen, da sie allesamt rote Kapuzen über den Köpfen trugen. Eine der größeren Gestalten erhob ihre Arme und fing an zu sprechen. Obwohl Piper die einzelnen Wörter nicht verstand, war ihre Bedeutung doch eindeutig.

Die herbeigerufenen Mächte waren so groß, dass Piper die Energie deutlich spüren konnte.

»Ich rufe euch, die ihr unsere Kraft und Macht und Heiligkeit seid, im Namen der *sociéte* an, uns die Stärke zu verleihen, unsere Feinde zu besiegen.« Der Anführer der Gruppe sprach nun wieder normal. »Erhöre uns, Zdenek, die wir Tod und Leid über unsere Feinde bringen wollen.« Mit einem weißen Pulver formte er zunächst einen Kreis auf dem Boden und dann ein kompliziertes Zeichen. Piper erkannte, dass es sich bei dem Zeichen um ein *Vèvè* handelte. Sie hatte es im Museum gesehen. Mit diesem Zeichen konnte man die *loa* herbei rufen.

Piper schluckte, als ihr klar wurde, dass sie einem *Petro loa* Ritual beiwohnte.

Okay, vielleicht befand sie sich doch in Gefahr. Vielleicht hatte sie sich geirrt. Vielleicht sollte sie doch besser verschwinden – und zwar jetzt! Sie drehte sich um und blieb sofort stehen. Im Unterholz vor ihr raschelte es.

Etwas näherte sich.

Eine riesige Kreatur tauchte auf dem Pfad auf. Piper konnte sehen, wie die goldenen Augen der Kreatur im Mondlicht glänzten. Es war ein Alligator.

Einen Augenblick lang blickten sie und das enorme Reptil einander in die Augen. Das geschieht nicht wirklich, dachte Piper. Das ist eine Szene aus einem dieser billigen Filme: Das Stadtmädchen und die Kreatur aus dem Sumpf.

Der Alligator öffnete sein riesiges Maul und entblößte messerscharfe, blitzende Zahnreihen.

Okay, es geschieht wirklich!, schoss es Piper durch den Kopf. Ihr Verstand schrie auf. Lauf! Piper setzte sich in Bewegung und lief den kleinen Weg zurück.

Sie hörte, wie der Alligator die Verfolgung aufnahm.

Konnte sie ihn abhängen? Sie hatte mal gehört, dass Alligatoren schneller als Menschen wa …

Ihre Gedanken wurden abrupt unterbrochen, als direkt vor ihr eine weitere der mörderischen Kreaturen auftauchte. Piper schrie auf. Sie drehte sich panisch, um in eine andere Richtung weiterzurennen. Der Alligator hinter ihr war nur noch wenige Schritte entfernt. Dann fielen ihr die anderen goldenen Augenpaare auf, die überall um sie herum in der Nacht aufglühten.

Sie war umzingelt.

Die Nacht war erfüllt mit schweren Schwanzschlägen und aufstampfenden Fußtritten. Unzählige Augenpaare der Raubtiere fixierten sie, als ob sie wüßten, dass ihre Beute nicht entkommen konnte.

Die schnappenden Mäuler kamen immer näher.

Und näher.

Instinktiv tat Piper das einzige, was ihr noch blieb. Sie hob ihre Hände und hielt die Zeit an. Ihre Jäger froren in der Bewegung ein.

Dann lief sie, so schnell sie nur konnte, zurück in Richtung Haupthaus. Ihr Herz raste und die Muskeln in ihren Beinen brannten. Das Seitenstechen wurde immer schlimmer, aber sie zwang sich, weiter zu laufen, schneller zu laufen. Fast hatte sie den Rand des Bayous erreicht, als sie in etwas – oder jemanden – hinein lief.

Starke Arme griffen nach ihr und eine Hand legte sich auf ihren Mund.

Plötzlich brach ein Ruf durch das Grauen.

»Piper!«

Als sie Randys Stimme erkannte, öffnete sie erstaunt die Augen. Der Gärtner stand mit besorgtem Gesichtsausdruck vor ihr.

Vor Erleichterung wäre sie am liebsten auf den Boden gesunken. Trotzdem zwang sie sich, stehen zu bleiben, denn sie war sich nicht sicher, wem sie an diesem seltsamen, beängstigenden Ort trauen konnte. Das galt auch für Randy.

»Ist alles in Ordnung, Piper?«

Sie nickte wortlos.

Er nahm seine Hand von ihrem Mund und forderte sie auf, leise zu sein. Horchend neigte er seinen Kopf.

»Woher wusstest du, dass ich hier draußen bin?« Pipers Stimme klang zittrig.

»Das kann ich dir jetzt nicht erklären.« Randy ergriff ihren Arm. »Hör mir zu. Wir müssen von hier fort, bevor …«

»Bevor was?«, unterbrach ihn Piper. »Bevor uns die Alligatoren schnappen?«

»Bevor die Trommeln verstummen.«

Ihr fiel auf, dass das unregelmäßige Trommeln an Lautstärke zugenommen hatte und noch schneller geworden war. Es wirkte fast so, als hätte den Trommler der Wahnsinn gepackt. Piper und Randy eilten den Pfad entlang zurück zur Plantage.

Erst als sie auf dem gemähten Rasen ankamen, hielt Randy an. Er ließ ihren Arm los. »Das tut mir Leid«, erklärte er. Piper fiel auf, dass seine Haare im Mondlicht silbern schimmerten.

»Ist wirklich alles in Ordnung mit dir?«

Piper nickte. Wieder einmal war sie von seinem guten Aussehen und der netten Art, mit der er sie behandelte, mehr als angetan. Schade, dass Phoebe schon ein Auge auf ihn geworfen hatte. Sie könnte sich ernsthaft für ihn interessieren.

Er sah sie neugierig an. »Was hast du da draußen gemacht, mitten in der Nacht?«

»Was hast *du* da draußen gemacht?«, konterte sie.

»Ich habe gehört, wie jemand an meiner Hütte vorbeischlich.« Er lächelte sie an. »Und da nicht allzu häufig Menschen um diese Uhrzeit an meiner Hütte vorbeischleichen, dachte ich mir, ich sehe mal nach.«

»Oh.« Das leuchtete Piper ein.

»Und du?«, fragte er noch einmal.

»Ich habe das Feuer gesehen und die Trommeln gehört.« Piper setzte sich auf eine Bank. Allmählich wurde ihr erst richtig bewusst, was gerade geschehen war.

»Was hast du sonst noch gesehen oder gehört?« Randy schien die Frage wichtig zu sein.

»I-Ich bin dem Klang der Trommeln gefolgt und habe etwas gesehen, was nach einem Ritual aussah. Da waren ein paar Leute in roten Roben, und dieser Mann – der Anführer, schätze ich – hat wohl böse Geister herbeigerufen. Oder so. Er sprach davon, dass sie ihre Feinde aufhalten wollen. Dann hat er mit weißem Pulver ein Symbol auf den Boden gezeichnet.«

»Du …«, fing Randy an, verstummte dann aber. Ihm schien etwas große Angst zu machen.

»Was?«, fragte sie. »Was ist los? Weißt du etwa, wer diese Leute sind und was sie vorhaben?«

Randys blaue Augen wandten sich ihr zu. »Was du da gesehen hast, war eine Voodoozeremonie. Die *Petro loa* wurden herbeigerufen. Was ist geschehen, nachdem das weiße Symbol gezeichnet wurde?«

»Das wird sich jetzt bestimmt unglaubwürdig anhören, aber ich lief fort und diese ganzen Alligatoren kamen hinter mir her«. Piper schüttelte sich. »Dann haben sie mich umzingelt.«

Randy erblasste im Mondlicht. »Sie wussten, dass du sie beobachtest, Piper.«

»Die Alligatoren?« Piper war verwirrt.

»Die *secret sociéte*!«

»Aber woher hätten die das wissen sollen? Die haben mich nicht geseh ...«

»Die Alligatoren wurden herbeigerufen, um dich aufzuhalten«, erklärte er eindringlich.

Piper starrte ihm ungläubig ins Gesicht. »Was sagst du da?«

Randy sah einen langen Augenblick auf den Boden. Als er wieder anfing zu reden, war seine Stimme so leise, dass Piper sich anstrengen musste, um ihn zu verstehen. »Ich sage, dass du dich in großer Gefahr befindest. Ich sage, dass sie dich gesehen haben müssen ... was vermutlich bedeuten wird, dass sie dir nachstellen werden. Du hast Schwierigkeiten und musst sofort von hier verschwinden, Piper. Dir ist nicht klar, zu was diese Leute in der Lage sind.«

Ihr Mund klappte auf. »Du willst damit sagen, dass ich aus dem Hotel ausziehen soll?«

Er lächelte ihr wehmütig zu. »Ja, und ich bin wohl meinen Job los, sollten die Montagues jemals herausfinden, dass ich ihre Gäste auffordere, zu verschwinden. Aber ich meine es ernst, Piper. Du und deine Schwestern, ihr könnt nicht hierbleiben.«

Piper trat einen Schritt zurück. »Moment mal! Woher weißt du, zu was diese Typen in der Lage sind? Und woher weißt du, wie gefährlich sie sind?«

Randy erhob sich von der Bank. Er sah erschöpft und müde aus. »Das ist eine wirklich lange Geschichte. Bitte vertrau mir einfach.«

Aber Piper setzte nach. »Randy ...«

»Geh jetzt ins Haus.« Er drehte sich von ihr fort. »Geh auf dein Zimmer, Piper. Und egal was du auch tust – verlass es nicht. Bis morgen früh.«

»Aber ...«

»Piper«. Seine Stimme war plötzlich hart geworden. »Leg dich nicht mit Mächten an, die du nicht verstehst.« Mit diesen Worten verschwand er in der Dunkelheit.

Piper sah zu, dass sie ins Haus kam. Sie war fast auf dem Hinterhof angekommen und umkreiste gerade eine Hecke, als sie jemanden in der Nähe stehen sah.

Yvonne.

Das Licht des Vollmondes brach sich in den unergründlichen Augen der alten Frau.

»Hi!« Piper eilte weiter in Richtung Tür.

Yvonnes Worte klangen unheilvoll. »Du solltest nicht hier draußen sein.«

Das sollte ich wirklich nicht, dachte Piper.

Sie starrte Yvonne an und überlegte, ob sie ihre Gedanken nicht einfach laut aussprechen sollte. Ach übrigens, sind Sie zufällig vor ein paar Minuten mit einer roten Maske um ein Feuer herumgetanzt?

»Diese dämlichen Touristen.« Die alte Frau schüttelte ihren Kopf und verschwand in den Schatten.

Piper, die wie Espenlaub am ganzen Leib zitterte, huschte ins Haus und schloss die Tür hinter sich ab. Dann lehnte sie sich dagegen. Ihr Herz raste und ihr Mund war trocken.

Etwas Seltsames ging im Bayou vor. Sie musste Prue und Phoebe wecken und ihnen von dem Erlebten berichten.

Prue hörte, wie jemand aus einiger Entfernung ihren Namen rief.

»Geh weg«, murmelte sie und rollte sich auf den Bauch. Sie war müde. So müde ...

»Prue!«

Sie öffnete ihre Augen. Diesmal hatte die Stimme direkt in ihr Ohr gesprochen. Piper stand über sie gebeugt da, in ein T-Shirt und Shorts gehüllt.

»Ist es schon Morgen?« Sie blinzelte in Richtung Fenster und sah, dass es draußen noch dunkel war.

»Nein, aber ich muss mit dir reden, und es kann nicht warten.«

»Was stimmt denn nicht?« Prue rieb sich die Augen. Als sie fertig war, fiel ihr auf, dass Phoebe hinter Piper stand. Sie hatte sich ein knitteriges T-Shirt und Boxershorts übergeworfen und gähnte gerade herzhaft.

Offenbar hatte Piper ihre jüngere Schwester auch aus dem Schlaf gerissen.

»Schließ die Tür!«, wies Piper ihre Schwester an.

Phoebe schloss die Tür und trottete dann zu Prues Bett, auf das sie sich plumpsen ließ. Piper sauste zum Fenster. Prue konnte sehen, dass sie sehr aufgeregt war.

Piper räusperte sich. »Ich bin gegen Mitternacht aufgewacht. Da waren Trommeln und ein Feuer, das im Sumpf brannte.«

»Ich habe gestern auch Trommeln gehört«, stimmte Phoebe zu. »Aber ich mochte nicht nachsehen, woher es kam.«

»Na, ich wünschte, ich wäre auch so schlau gewesen.« Piper sah nicht glücklich aus.

Prue hörte aufmerksam zu, als Piper ihr und Phoebe von ihrem Ausflug erzählte, von dem seltsamen Ritual und dem Angriff der Alligatoren, die ihr dicht auf den Fersen waren. Wie Randy aufgetaucht war und ihr Leben gerettet hatte. Dass sie meinte, gehört zu haben, wie er etwas in einer seltsamen Sprache murmelte und dass die Alligatoren sie dann nicht weiter verfolgt hatten. Und wie er sie und ihre Schwestern abschließend gewarnt hatte, sie aufgefordert hatte, sofort von hier zu verschwinden.

»Sieh mal einer an.« Phoebe war nun hellwach.

»Was ist los?«, fragte Prue.

»Randy scheint ein Experte für Reptiliensprachen zu sein.« Sie atmete tief aus. »Am späten Nachmittag bin ich spazieren gegangen. Randy war gerade dabei, ein Blumenbeet zu bewässern und hat mich anschließend begleitet.«

Prue setzte sich auf. Jetzt wurde es interessant. Sie wusste, dass Phoebe mehr als nur fasziniert von Randy war.

Nun gingen die beiden schon gemeinsam spazieren und dabei benahm sich Randy zunehmend merkwürdig. Prue schwante Böses.

»Und?«, stieß sie ihre Schwester an.

»Na ja, ich wurde von einer Schlange angegriffen und Randy hat sie sich einfach gepackt. Dann flüsterte er ihr etwas in einer komischen Sprache ins Ohr. Und schon hat sich die Schlange davongeschlängelt.«

»Okay, der Typ hat also einen ziemlich guten Draht zu Reptilien und fährt auf nächtliche Spaziergänge durch die Bayous ab.« Prue versuchte die Erlebnisse ein bisschen zu sortieren. »Bloß weil er eine Schlange ruhigstellen kann, heißt das noch lange nicht ...«

»Da ist noch was«, erklärte Phoebe aufgeregt. »Nachdem die Schlange seinem Charme erlag, habe ich Randy am Arm berührt. Ich hatte eine Vision. Ein junges Mädchen versuchte verzweifelt, sich vor einer riesigen Schlange in Sicherheit zu bringen. Dasselbe Mädchen, das ich in der anderen Vision gesehen habe. Und ich weiß nicht, wie und warum, aber diese Vision steht im Zusammenhang mit Randy. Da bin ich mir sicher.«

Piper schauderte. »Das gefällt mir überhaupt nicht.« Sie rieb nachdenklich ihre Handgelenke. »Also wissen wir, dass wir Randy nicht trauen können. Ich meine, was hat er noch so spät draußen gemacht? Woher wusste er so viel über die Dinge, die hier im Bayou vor sich gehen?« Sie hielt kurz inne. »Und was, wenn er zu den Leuten in den roten Masken gehört?«

Prue erhob sich und ging nervös auf und ab. »Oder was, wenn er ein Hexenmeister ist?«

»Das glaube ich nicht!« Phoebe war sich absolut sicher. Sie sah zu Piper herüber. »Hältst du ihn für einen Hexenmeister?«

Prue blickte finster drein. »Wir können uns nicht sicher sein. Wenn er zu diesem Kult gehört, oder was auch immer Piper da draußen gesehen hat, sollten wir uns so weit wie möglich von ihm fern halten. Das gilt auch, falls er ein Hexenmeister ist. Wenn er aber nichts von beidem ist – wenn er zu den guten Jungs gehört – sollten wir seine Warnung ernst nehmen.«

»Das sehe ich auch so.« Piper nickte. »Bei der Zeremonie wurde etwas wirklich Finsteres heraufbeschworen. Ich weiß, dass ich mir das nicht eingebildet habe!«

Phoebe stöhnte laut und setzte sich aufs Bett. Sie hielt sich mit einer Hand den Magen. »Wenn mein Körper mitspielt, verdrücken wir uns gleich morgen früh.«

Piper sah ihre Schwester mitleidig an. »Geht's dir immer noch nicht besser?«

»Nicht im klassischen Sinn. Hoffentlich bin ich morgen besser drauf.« Sie ließ ihren Kopf auf Prues Kissen fallen.

Prue ging immer noch auf und ab. »Eins verstehe ich nicht«, fing sie schließlich wieder an. »Warum will uns dieser Kult schaden? Wir haben ihnen nichts getan. Sie kennen uns nicht mal. Das ergibt doch keinen Sinn.«

»Vielleicht genügt es ihnen zu wissen, *wer* wir sind und was wir können.« Phoebe sprach mit leiser Stimme.

»Aber woher sollen sie das wissen?« Prue schüttelte ihren Kopf.

»Der Räuber in der Gasse«, antwortete Phoebe. »Du hast deine Kräfte gegen ihn eingesetzt. Vielleicht hat das irgendein Hexenmeister oder Kultmitglied bemerkt.«

Prue dachte darüber nach. »Ist schon möglich, schätze ich. Aber dieses Ritual ... glaubst du, dass es gegen uns gerichtet war?«

Piper blickte von ihrer kränkelnden Schwester auf. »Ich bin mir nicht sicher. Schließlich sind wir hier in Voodooland. Vielleicht war das ja nur ein stinknormales Ritual. Falls Randy aber

Recht hat, wussten sie, dass ich da war. Und das könnte uns richtig in Schwierigkeiten bringen.«

»Vielleicht sollten wir die Montagues darauf ansprechen«, sinnierte Prue.

»Und wer sagt, dass wir ihnen vertrauen können?« Phoebes Stimme klang gedämpft, da sie in das Kissen hinein sprach.

»Gute Frage«, gab Prue zu. »Unter den Masken steckten schließlich Menschen, und wir wissen nicht, wer es war. Mädels, egal ob Randy nun auf unserer Seite steht oder nicht, ich finde, wir sollten seinen Ratschlag befolgen und von hier verschwinden. Wir sollten kein Risiko eingehen.«

»Ich stimme dir zu.« Über Phoebes Gesicht huschte ein trauriger Ausdruck.

Prue sah ihre kleine Schwester voller Mitgefühl an. Ihre Augen lagen tief in den Höhlen. Nicht genug damit, dass sie und ihre Schwestern vielleicht in großer Gefahr schwebten. Nein, einem Drittel ihrer Hexenpower ging es derzeit auch noch richtig dreckig. Sie fasste einen Entschluss. »Okay, ihr habt Recht. Wir lassen es gar nicht darauf ankommen und begeben uns nicht unnötig in Gefahr. Morgen früh fahren wir nach Hause.«

Piper und Phoebe atmeten erleichtert auf.

»Das war doch mal ein Urlaub«, stellte Piper mit ironischem Lächeln fest und ließ sich auf das andere Bett neben Phoebe fallen. Prue quetschte sich zwischen ihre Schwestern.

»Ist schon okay.« Phoebe versuchte zu lächeln. »Eines Tages kommen wir wieder nach New Orleans.«

Piper gähnte herzhaft. »Weißt du was, Prue?«

»Hmmh?«

»Ich schlafe gleich ein.«

»Ich auch.« Phoebe gähnte noch eine Ecke herzhafter.

»Dann schlaft doch einfach hier.« Prue stand auf und legte die Decke über Phoebe und Piper. »Ich setze mich in den Schaukelstuhl. Es ist sowieso sicherer für uns, zusammen zu bleiben.«

Phoebe öffnete ihre Augen. Sonnenlicht durchflutete das Zimmer und sie konnte draußen die Vögel zwitschern hören. Sie drehte sich um und prallte gegen etwas.

Nein, jemanden.

»Au«, machte Piper.

»Was machst du denn hie ... ach ja!« Die Erinnerung an letzte Nacht setzte wieder ein. Sie waren in Prues Zimmer. Heute würden sie die Beine in die Hand nehmen. »Hey Leute, aufwachen. Wir müssen von hier verschwinden.«

»Wie spät ist es denn?«, murmelte Piper.

»Schon nach neun.« Prue setze sich auf und sah auf ihren Reisewecker. »Ich muss die Fluglinie anrufen.«

»Mmmh.« Phoebe vergrub sich unter der Decke. Ihr Schädel hämmerte und in ihrem Magen drehte sich alles. Noch fünf Minuten schlafen. Sie war so müde. Ihre Augen fielen wieder zu.

Das Letzte, worauf sie heute Lust hatte, war, durch Flughäfen zu hetzen und Ewigkeiten im Flugzeug zu hocken. Nein, das war nicht ganz richtig. Das Allerletzte, worauf sie heute Lust hatte, war, im Haus der Montagues zu bleiben. Mit diesem Ort stimmte etwas nicht. Und zwar ganz und gar nicht. Je eher sie von hier wegkamen, desto besser. Aber vorher musste sie nur noch ein bisschen Schlaf kriegen ...

»Phoebe.« Prue zupfte an der Decke. »Nun komm schon. Wir müssen packen.«

»Ich habe schon gepackt«, murmelte Phoebe.

»Das stimmt, denn sie hat niemals *aus*gepackt. Du erinnerst dich?« Piper stand auf und reckte sich ausgiebig.

Prue schwang ihre Beine über den Bettrand und griff nach dem Telefon, das auf dem Nachttisch stand. »Ich rufe die Fluglinie an, während ihr euch fertig macht. Aber beeilt euch, okay? Ich will den nächstmöglichen Flieger nehmen.«

»Mmmh.« Phoebe rappelte sich hoch und stöhnte erneut. Sie fühlte sich schwach.

»Alles in Ordnung?« Prue schaute sie sehr besorgt an. »Du siehst so blass aus.«

»Ich bin nur müde«, antwortete Phoebe. »Und meinem Magen geht's auch noch nicht besser.«

»Halt noch durch, bis wir wieder in San Francisco sind, okay Kleines? Wenn es dir dann immer noch nicht besser geht, bringen wir dich sofort zum Arzt.«

Der Vorschlag schien Phoebe nicht sonderlich gut zu gefallen. »Bei meinem letzten Arztbesuch hat mir der Kerl eine Tetanusspritze verpasst.«

Piper war schon auf dem Weg zum Telefon. »Ihr solltet euch lieber beeilen. Vielleicht bleibt uns nicht viel Zeit.«

Phoebe seufzte. Mit wackeligen Knien stand sie auf. »Oh Mann.« Sie fühlte sich benommen. Ein paar Sekunden später ließ sie sich wieder auf das Bett fallen. »Das gefällt mir gar nicht.« Sie wünschte sich nichts mehr als ein wenig zu schlafen.

Prue bedeckte den Hörer mit einer Hand. »Brauchst du Hilfe?«, fragte sie besorgt.

»Nein, ich schaffe es schon bis zu meinem Zimmer.« Phoebe stand erneut auf, diesmal aber einen Tick langsamer. Langsam und vorsichtig setzte sie einen Fuß vor den anderen. So weit, so gut.

Nach einer kleinen Ewigkeit kam sie an ihrer Zimmertür an und griff nach der Türklinke. Eine flüchtige Vision erfasste sie.

Eine andere Hand, die ihre Tür in den frühen Morgenstunden vorsichtig öffnete. Jemand, der ihr Zimmer durchsuchte, aber nach was? Was beabsichtigte der Eindringling? Die Vision endete.

Phoebe zögerte kurz, bevor sie das Zimmer betrat. Was, wenn ihr jemand drinnen auflauerte und sie angreifen wollte?

Aber sie war sich sicher, dass die Person, die ihr Zimmer vor wenigen Stunden betreten hatte, es inzwischen auch wieder verlassen hatte.

Sie zog die Tür einige Zentimeter weit auf und spähte in den Raum. Er war leer, es sei denn, jemand versteckte sich unter dem Bett. Sicherheitshalber ging sie zum Bett und hob die Matratze an. Darunter war ... niemand.

Völlig erschöpft setzte sich Phoebe aufs Bett. In ihrem Kopf hämmerte es wie verrückt. Wenn sie doch nur ein paar Minuten schlafen könnte …

Sie ließ ihren Kopf gerade in Richtung Kopfkissen sinken, als sie es sah.

»Prue! Piper!« Phoebes Schrei gellte über den Flur.

Sekunden später ertönten hektische Fußschritte vor ihrer Tür und ihre Schwestern kamen in ihr Zimmer gerannt.

»Was ist los, Phoebe?« Prue lief auf sie zu.

Phoebe zeigte stumm auf ein Symbol, das sich auf dem weißen Kopfkissen befand.

Prue atmete tief ein. »Woher stammt das?«

Phoebe schüttelte den Kopf. Sie starrte das merkwürdige Symbol an, das scheinbar mit schwarzer Tinte geschrieben worden war. Es zeigte drei ineinander verwobene Sterne, die von einem Kreis umrahmt wurden.

Piper erkannte das Symbol. »Das ist ein *vèvè*!«

»Häh? Was ist ein *vèvè*?« Davon hatte Phoebe noch nie gehört.

»Ein Symbol, das für eine Voodoogottheit steht«, erklärte Prue. »Wir haben gestern im Voodoomuseum etwas darüber erfahren.«

»So ein Symbol habe ich auch bei dem Ritual gesehen.« Pipers Stimme klang beunruhigt. »Obwohl es anders aussah. Dieses Symbol muss für einen anderen *loa* sein.«

»Und was macht es auf meinem Kopfkissen?«, fragte Phoebe besorgt.

»Keine Ahnung«, gab Prue zu. Sie sah Phoebe an. »Aber ich halte das für kein gutes Zeichen.«

»Jetzt reicht es. Wir fahren sofort.« Phoebe wich von dem Kissen fort.

Prue nickte bestätigend. »Du hast Recht, Phoebe. Ich wollte es euch gerade sagen, als du geschrien hast. Unser Flieger geht heute Abend um 19.30 Uhr.«

»So spät erst?« Phoebe war enttäuscht. Die Vorstellung, den ganzen Tag totschlagen zu müssen, behagte ihr gar nicht. Also würden sie nicht vor Mitternacht in San Francisco ankommen.

»Und was sollen wir bis dahin tun?« Piper guckte ihre Schwestern neugierig an. »Wir werden doch wohl nicht hier bleiben, oder?«

»Auf keinen Fall.« Prue schüttelte den Kopf. »Wir fahren nach New Orleans und schauen bei Gabrielle im Museum vorbei, um uns von ihr zu verabschieden.«

»Eine gute Idee«, stimmte Piper zu. »Und wenn wir schon im French Quarter sind, können wir ja vielleicht auch noch mal kurz bei ›Remy's‹ vorbeischauen.«

»Vielleicht.« Prue warf Phoebe einen besorgten Blick zu. »Lasst uns die Sachen ins Auto bringen.«

Obwohl sie für das Zusammensuchen ihrer Sachen maximal zwei, drei Minuten hätte benötigen sollen, brauchte Phoebe wesentlich länger dafür. Ihr fehlte jede Energie. Sie fühlte sich schwerfällig, ausgelaugt, fast betäubt. Endlich zog sie ihre Reisetasche zu und wankte hinaus auf den Flur.

Phoebe ging langsam zu Pipers Zimmer hinüber. Prues Koffer war bereits gepackt und lehnte gegen die Wand. Piper war noch damit beschäftigt, ihre Sachen wie wild in die auf dem Bett liegende Tasche zu schmeißen. Phoebe stellte ihre Tasche neben Prues Koffer ab und ging auf einen Stuhl zu. Sie musste sich einfach setzen. Wenn sie nicht bald saß, würde sie garantiert umfallen.

Das Telefon klingelte und Piper nahm den Hörer ab. »Es ist Gabrielle«, stellte sie fest. Sie hörte einen Moment zu und antwortete dann.

»Eigentlich wollten wir dich anrufen. Wir werden schon früher abreisen und wollten nachher im Museum vorbeischauen, um dir Lebewohl zu sagen. Unser Flieger geht heute Abend.«

Sie hörte wieder zu und legte dann ihre Hand über die Muschel.

»Gabrielle hat uns gerade eingeladen, den Rest der Woche bei ihr zu verbringen. In ihrer Wohnung steht ein Zimmer leer und der Platz reicht für alle.«

Prues Antwort kam wie aus der Pistole geschossen. »Das können wir nicht annehmen.«

Piper übergab ihr den Hörer. »Dann sag du ihr das.«

Prue und Gabrielle unterhielten sich ein paar Minuten miteinander und dann legte Prue den Hörer auf die Gabel. »Ich habe ihr versprochen, dass wir uns die Wohnung wenigstens mal ansehen.«

»Nein, *Cher*. Das ist keine gute Idee.« Die fremde Stimme kam von der Tür.

Phoebe öffnete ihre Augen und sah Yvonne auf der Schwelle zu Pipers Zimmer stehen. Sie trug ein blaues Kleid und hatte sich einen dazu passenden blauen Schal aus Madras umgeworfen. Ihre Augen fielen auf Pipers Koffer.

»Was macht ihr da?« Yvonnes Frage kam im üblichen, schwer verständlichen Akzent daher.

»Wir reisen ab«, antwortete Piper. »Wir müssen ...«

»Und wo werdet ihr wohnen?« Yvonne trat einen Schritt näher.

»Ich glaube nicht, dass Sie das etwas angeht«, ließ Prue sie mit einem kühlen, herausfordernden Ton abblitzen.

»Ihr dürft niemals eine Einladung in New Orleans annehmen.«

Yvonnes Augen verengten sich. Bevor sie weiter sprach, fixierte sie jede der Halliwell-Schwestern mit ihren dunklen, durchdringenden Augen. »Ihr müsst diese Stadt sofort verlassen.«

»Und wenn wir das nicht tun?« Phoebe sah die Köchin misstrauisch an.

»Dann werdet ihr alle sterben.«

In Phoebes Gesichtsausdruck spiegelte sich eine gehörige Portion Wut wider. »Ich weiß nicht, warum Sie das machen, aber wir mögen es überhaupt nicht, wenn man uns droht.«

»Das ist keine Drohung. Das ist eine ...«

Prue riss plötzlich ihre Arme in die Höhe. Yvonne wurde empor gehoben und gegen die Wand neben der Tür geschleudert. Dort blieb sie einige Zentimeter über dem Boden hängen.

»Kommen Sie uns nicht zu nahe«, warnte Prue mit gesenkter Stimme. »Verstanden?«

Yvonne starrte sie wortlos an. Sie zitterte.

Phoebe sah der Frau unverwandt ins Gesicht und zitierte ihre Worte. »Sie haben ja keine Vorstellung, mit welchen Kräften Sie sich da anlegen.«

Prue senkte ihre Arme.

Yvonne sank zu Boden, drehte sich um und verschwand wie der Blitz.

»Seht ihr? Ich habe euch doch gesagt, dass sie etwas ausheckt.« Phoebe wandte sich ihren Schwestern zu.

»Du hattest ja Recht, Phoebe. Tut mir Leid, dass ich dir nicht von Anfang an geglaubt habe.« Prue schnappte sich ihren Koffer. »Kommt schon. In dieser Bude waren wir die längste Zeit zu Gast.«

»Da wären wir.« Prue parkte den Wagen direkt vor dem Voodoomuseum. Eine Stunde war vergangen.

Nach ihrer Begegnung mit Yvonne hatten die Halliwells rasch ihre Koffer geschnappt und in Windeseile das Haus der Montagues verlassen.

»Das ist es also«, stellte Phoebe wenig beeindruckt fest. »Sieht nicht unbedingt nach einem Museum aus. Eher wie ein Wohnhaus.«

»Innen sieht es schon wie ein Museum aus. Wart's nur ab.« Prue wischte sich eine schweißnasse Strähne aus dem Gesicht und ging zur Eingangstür.

Die Mittagssonne brannte förmlich vom klaren blauen Himmel. Kein Lüftchen regte sich, sodass die Schwüle noch drückender wirkte. Die Schwestern traten in das kleine Foyer, wobei Prue hinter Phoebe ging, um sie notfalls auffangen zu können. Ihrer kleinen Schwester ging es wirklich schlecht. Sie sah so schwach aus. Prue hoffte inständig, dass es ihr bald wieder besser gehen würde.

»Das ist aber seltsam«, murmelte sie, als sie das Gebäude betraten.

Niemand saß in dem Stuhl hinter dem Schreibtisch, die Ventilatoren waren ausgeschaltet und keine der Kerzen brannte.

»Vielleicht haben sie heute geschlossen?«, überlegte Phoebe laut.

Prue ging zögerlich ein paar Schritte weiter in den Raum hinein. »Wäre die Tür dann nicht verschlossen?«

»Jemand muss hier sein. Ich habe Fußschritte von oben gehört«, erklärte Piper.

Prue räusperte sich und rief: »Hallo? Gabrielle? Helene?«

Eine Stimme antwortete. »Wer ist da?«

»Prue Halliwell.« Prue war erleichtert.

»Bist du das, Gabrielle?«

»Ja.« Eilige Fußschritte flitzten die Treppe hinab und Gabrielle Toussant erschien auf dem Absatz.

Heute trug sie moderne Kleidung: ein gelbes Poloshirt, Khakihosen und Sandalen. Ihr Haar hing lose herab und einzelne Strähnen flogen ihr immer wieder ins Gesicht. Um ihre blauen Augen lag ein mitgenommener Zug.

»Was ist los, Gabrielle?«, fragte Prue besorgt.

»Helene. Sie ist gestern Abend nicht nach Hause gekommen.«

»Ist das ungewöhnlich?«, erkundigte sich Prue.

»Für Helene schon. Sie ist morgens immer pünktlich hier. Als ich heute früh bei euch angerufen habe, dachte ich, sie würde sich ausnahmsweise mal ein wenig verspäten. Aber sie ist bis jetzt noch nicht hier.«

»Woher weißt du, dass sie gestern Abend nicht nach Hause gekommen ist?«, fragte Piper.

»Weil ich ihr zahlreiche Nachrichten auf dem Anrufbeantworter hinterlassen habe, sie sich aber nicht gemeldet hat.«

»Vielleicht wollte sie dich bloß nicht anrufen.« Phoebe grinste schmerzverzerrt. »Wenn mir meine Schwestern nachspionieren, lasse ich sie auch gerne auflaufen.«

»Nein, sie ruft mich immer an, wenn sie nach Hause kommt, damit ich weiß, dass es ihr gut geht. Als ich sie heute früh angerufen habe, musste der Anrufbeantworter lange spulen. Das heißt, sie hat die Nachrichten noch nicht abgehört.«

»Wahrscheinlich ist sie einfach nur unterwegs und hat ein bisschen Spaß«, schlug Phoebe vor. »Vielleicht war sie gestern so abgeschlafft, dass sie einfach vergessen hat, den Anrufbeantworter abzuhören.«

»Nein, nicht Helene. Sie geht nicht sonderlich viel aus und hört ihren Anrufbeantworter immer ab. Glaubt mir einfach, irgend etwas stimmt da nicht. Ich weiß, dass es etwas mit einer dieser *secret sociétes* zu tun hat. Helene war schon einmal ... sie hatte schon einmal mit ihnen zu tun. Darum wollte ich auch so schnell aus San Francisco weg. Glücklicherweise hat Andre während meiner Abwesenheit auf sie aufgepasst. Er konnte sie gerade noch davon abhalten, an einer Zeremonie teilzunehmen. Ich hatte so gehofft, dass dieses Thema endgültig erledigt ist.«

Prues Magen zog sich zusammen. Sie erinnerte sich an die Unterhaltung zwischen Gabrielle und Andre, und sie wusste genau, wie sie sich fühlen würde, wenn eine ihrer Schwestern in solch einer Gefahr schweben würde.

»Können wir dir irgendwie helfen, Gabrielle?«

»Vielen Dank, aber ich wüsste nicht wie. Andre sucht sie gerade. Ich habe schon den ganzen Tag lang Touristen abgewimmelt. Vielleicht ruft er ja bald an, weil er sie gefunden hat. Vielleicht ...«

»Ich bin sicher, dass sie bald auftauchen wird«, sagte Piper tröstend.

»Das hoffe ich«, sagte Gabrielle. »Sie treibt sich in gefährlichen Kreisen herum. Ich fühle mich dabei so ohnmächtig.« Ihre Stimme erstarb fast. »So allein.« Gabrielle ging zum Fenster hinüber.

Prue warf ihren Schwestern einen Blick zu. Auch sie schienen derselben Meinung zu sein. Sie konnten Gabrielle jetzt, wo sie so dringend von ihr gebraucht wurden, nicht im Stich lassen. Prue tuschelte kurz mit Piper und Phoebe. »Was denkt ihr?«

»Nun, die Montagues sehen uns nicht wieder. Ich hätte nichts dagegen, wenn wir solange bei Gabrielle bleiben, bis Helene wieder auftaucht«, stellte Piper fest.

Phoebe seufzte. »Solange ich keine Bäume ausreißen muss und mich ausruhen kann, ganz wunderbar.«

»Wir bleiben hier, Gabrielle«, verkündete Prue den gemeinsam gefassten Entschluss.

»Oh wirklich?« Gabrielle drehte sich ihnen wieder zu. Ihr Gesichtsausdruck hellte sich schlagartig auf. »Das wäre ... so freundlich von euch.«

»Kein Problem.« Piper legte einen Arm um sie.

»Mach doch den Laden für heute dicht«, schlug Prue vor. »Auf die Weise musst du dich nicht mit Touristen herumschlagen, die hier auftauchen und eine Führung wollen.«

Gabrielle nickte zögerlich. »Einen Tag lang keine Einnahmen zu kassieren, ist für uns ein harter Schlag. Wir befinden uns immer noch in der Anfangsphase, aber nun ist die Suche nach Helene das Einzige, was zählt.«

Sie ging zur Tür hinüber und hängte das »Geschlossen«-Schild ins Fenster. »Lasst uns zu Helenes Apartment fahren. Es ist ganz in der Nähe und ich habe einen Schlüssel. Wir können ja dort warten.«

Piper, Phoebe und Prue traten wieder hinaus in die schwüle Nachmittagsluft und warteten, bis Gabrielle das Museum abgeschlossen hatte. Dann machten sie sich auf den Weg. Während sie eine schmale Gasse entlanggingen, fiel Prue auf, dass das French Quarter, das bislang so farbenprächtig und anheimelnd auf sie gewirkt hatte, nunmehr fast aufdringlich zu sein schien. Die überladenen Straßen, der Geruch abgestandenen Alkohols, der aus den Bars und Kneipen auf die Straße zog, und die fortwährend aus unzähligen Lautsprechern dudelnde Nachtclubmusik ...

Wenn sie so darüber nachdachte, wollte sie eigentlich nur mit ihren Schwestern ins Flugzeug steigen und nach San Francisco zurückfliegen. Und das würden sie auch machen. Am heutigen Abend. Sobald sie wussten, dass es Gabrielles Schwester gut ging.

Phoebe musste sich am Geländer festhalten, als sie die Stufen zu Helens Apartment emporkletterte. Die Anderen befanden sich vor ihr und waren schon fast oben angekommen. Es handelte sich um ein altes, dreistöckiges Gebäude, dessen Treppe sich sehr steil in die Höhe zog. Die Stufen waren ungleichmäßig in den Stein gehauen.

Sie fühlte sich schwach und wäre am Liebsten zu Boden gesunken, um sich dort auszuruhen. Aber sie zwang sich, die nächste Stufe in Angriff zu nehmen. Dies war kein guter Zeitpunkt, Piper und Prue in Sorge zu stürzen. Nicht wenn schon Gabrielle so bestürzt über das Verschwinden ihrer Schwester war.

»Kommst du klar, Phoebe?« Piper war am oberen Treppenende stehen geblieben, nachdem Prue und Gabrielle um die Ecke verschwunden waren.

»Mir geht's prima«, behauptete Phoebe, obwohl sie schwer nach Luft rang. »Es ist nur so verflucht heiß.«

Wenigstens entsprach das den Tatsachen. Sie wischte sich ein kleines schwitziges Rinnsal aus dem Nacken. In der Sonne mussten es um die 40° Grad sein – und in diesem stickigen, alten Gemäuer locker noch ein paar Grad mehr.

Piper sah ihre Schwester einen Moment lang fürsorglich an, um anschließend zu nicken. »Es ist wirklich heiß«, stimmt sie zu. »Vielleicht bist du einfach vollkommen ausgetrocknet. Du siehst furchtbar ausgelaugt aus.«

Nachdem sie endlich die letzte Stufe genommen hatte, bestand Phoebe darauf, dass es ihr nach einem Glas Wasser wieder besser gehen würde.

Sie und Piper holten Gabrielle und Prue auf einem schmalen, fensterlosen Korridor ein, den eine einzige nackt in ihrem Gehäuse von der Decke baumelnde Glühbirne schummrig ausleuchtete. Drei verschlossene Türen gingen von dem Korridor ab.

Gabrielle war vor der letzten Tür stehen geblieben und ruckelte einen Schlüssel ins Schloss. Einen Augenblick später tat sich etwas und die Tür öffnete sich mit einem Klicken. Sie betrat die Wohnung, gefolgt von Piper und Prue. Gerade als auch Phoebe über die Schwelle trat, schrie Gabrielle auf.

»Was ist denn?« Piper eilte so schnell sie nur konnte in die Wohnung.

Sie fand sich in einem kleinen, schäbig möblierten Raum wieder.

Einige der Stühle waren umgeworfen worden, die Vorleger sahen zerwühlt aus und die Bilder an den Wänden hingen schief. Ein großer, schwarzer Ventilator lag umgekippt auf dem Boden und zahlreiche eingetopfte Pflanzen waren von einem kleinen Tischlein am Fenster heruntergestoßen worden, sodass sich die Erde über den gesamten Teppich verteilt hatte.

»Hier ist etwas geschehen«, erklärte Gabrielle mit weit aufgerissenen Augen. »Jemand war hier.« Ihre Stimme ließ die wachsende Panik erkennen. »Helene muss sich gewehrt haben!«

Phoebe stand wie betäubt da. Etwas Bösartiges war hier. Sie konnte es fühlen. Sie war zu schwach, um stehen zu bleiben, und hielt sich am Türrahmen fest.

»Ich fürchte mich davor, ins Schlafzimmer zu gehen.« Gabrielle hielt sich an Prues Arm fest. »Was ist ... wenn wir sie dort finden? Was ist, wenn sie ...?«

»Wenn sie hier ist, braucht sie unsere Hilfe.« Prue löste sich behutsam von Gabrielles Griff. »Es ist alles in Ordnung. Wir sind bei dir, Gabrielle.«

Phoebe ließ sich auf einem in der Nähe stehenden Sofa nieder, während Gabrielle und ihre Schwestern langsam zum nächsten Zimmer gingen.

Sie angelte sich ein achtlos auf den Boden geworfenes Kissen und drückte es gegen ihre Brust. Ein unbekanntes, blumiges Aroma stieg ihr in die Nase. Parfüm.

Plötzlich erwachte eine Vision wie ein grelles Lichtgewitter in ihren Gedanken zum Leben, so wie ein Blitz eine nächtliche dunkle Landschaft erleuchtet.

Eine rehäugige Schönheit, die Phoebe nie zuvor gesehen hatte, erschien ihr. Phoebe wusste instinktiv, dass es sich um Gabrielles Schwester Helene handelte – und dass sie in großer Gefahr schwebte.

Ihre Vision weitete sich aus, und sie konnte sehen, dass das

Mädchen inmitten eines Kreises stand, umgeben von Gestalten in roten Gewändern. Die Gestalten stimmten eine seltsame Melodie an. Trommeln wurden im Hintergrund auf befremdliche, unregelmäßige Weise geschlagen.

Der Körper des Mädchens brach in Zuckungen aus.

Ein gewaltiges Zittern überkam sie.

Ihr Haut wurde blass.

Ihre Augen rollten wie wild umher.

»Phoebe!«

Sie fuhr zusammen und die Vision verschwand.

Piper stand über sie gebeugt da. »Was hast du denn?«

»Ich ... ich habe etwas gesehen.« In dem Moment schrie Gabrielle im Nebenzimmer auf.

Piper ergriff Phoebe am Arm und führte sie in das kleine Schlafzimmer.

Auf den Spiegel über der Ankleide war ein seltsames, kompliziert anmutendes, scharlachrotes Symbol gemalt worden. Es bestand aus einer Reihe ineinander übergehener Dreiecke und durcheinander wirbelnder Linien, die allesamt von einem Kreis umschlossen wurden.

»Ist das Blut?«, fragte Gabrielle ängstlich.

»Das ist Lippenstift«, erklärte Prue, nachdem sie sich es näher angesehen hatte. »Das ist ein *vèvè*, nicht wahr?«

Gabrielle nickte. »Das ist das Symbol für einen der *Petro loa*s. Für Zdenek.«

»*Petro loa*s sind die bösen Jungs, richtig?«, fragte Phoebe beklommen.

Prue nickte und strich über Gabrielles Haar, um die zitternde Frau ein wenig zu beruhigen.

»Zdeneks Rituale erfordern ein Menschenopfer«, erklärte Gabrielle.

»Aber wie kommt dieses Zeichen überhaupt hierher?«, fragte Piper.

Gabrielle brach in ein Schluchzen aus. »Die *secret sociéte* muss es hinterlassen haben, nachdem sie Helene gefangen genommen haben.«

»Schhh.« Prue tröstete Gabrielle so gut sie nur konnte. »Wir werden sie finden, Gabrielle.«

»Das muss Andre erfahren«, fiel Gabrielle unvermittelt ein. »Ich muss ihn anrufen.«

»Ich dachte, er sucht nach Helene«, stutzte Piper kurz.

»Das tut er auch, aber ich werde ihm eine Nachricht aufs Band sprechen. Er muss wissen, womit wir es hier zu tun haben. Das Telefon ist in der Küche. Ich bin gleich wieder da.«

Sie ging aus dem Zimmer.

Phoebe nutzte die Gelegenheit und erzählte ihren Schwestern schnell von ihrer Vision. »Helene ist darin aufgetaucht. Sie ist in ernsthaften Schwierigkeiten. Ich habe sie in einer Zeremonie gesehen und ich konnte deutlich spüren, dass ihr Leben in Gefahr ist.«

»Phoebe hat Recht.« Piper deutete mit grimmigem Gesichtsausdruck auf den Spiegel. »Habt ihr gehört, was Gabrielle über diesen *loa* gesagt hat. Über Zdenek?«

Phoebe und Prue nickten langsam.

Phoebe atmete tief ein. Ihr Zuhause würde warten müssen. Wenigstens fürs Erste. »Leute, wir müssen hier bleiben und Gabrielle helfen. Den Flug heute Abend können wir knicken.«

»Aber Phoebe, stehst du das auch durch?«, fragte Prue. »Du kannst doch schon fliegen und zum Arzt gehen ...«

»Auf keinen Fall.« Ihr Kopf schmerzte zwar immer noch und ihr war auch immer noch übel, aber sie würde um keinen Preis abreisen. »Ihr braucht vielleicht die macht der Drei.«

Ihre Schwestern nickten langsam.

»Wenn du dir sicher bist, dass du das auf dich nehmen willst ...« Piper legte ihre Hand auf Phoebes Schulter.

»Macht euch um mich keine Sorgen. Ich pass schon auf mich auf.« Phoebe täuschte mehr Zuversicht vor, als sie in dem Moment wirklich empfand.

8

»ICH DENKE, WIR SOLLTEN einen Arzt kommen lassen«, meinte Prue ein paar Stunden später, nachdem sie einen Blick auf Phoebe geworfen hatte. Ihre Schwester lag in eine Steppdecke gehüllt auf Gabrielles Couch und schlotterte so sehr, dass es Prue mit der Angst bekam. Ihr gefiel Phoebes fahles Gesicht und die Art, wie ihre Stimme klang, überhaupt nicht. Sie wirkte so schwach und weit entrückt. Sie schien nur mit größter Mühe sprechen zu können.

»Auf jeden Fall«, stimmte Piper ihr zu. Auch sie machte sich Sorgen um ihre Schwester.

Phoebe schüttelte ihren Kopf. »Leute, mir geht's gut. Ich muss nur ein bisschen Schlaf nachholen. Morgen bin ich wieder ganz die Alte. Ihr werdet sehen.«

Prue zögerte. Dann gab sie mit einem Achselzucken nach. »Okay, wir werden es ja sehen. Aber wenn es dir morgen früh noch nicht besser geht, fahren wir sofort zum Arzt!«

Auch sie war völlig erschöpft, wie sie nun deutlich merkte. Ein Blick aus dem Fenster verriet ihr, dass es draußen bereits dunkel geworden war. Sie sank in einen grün gepolsterten antiken Stuhl, der exzellent in Gabrielles zwar kleines, aber mit Geschmack dekoriertes Apartment passte. Das leer stehende Zimmer, das sich Prue und ihre Schwestern teilten, war überraschend geräumig und mit einem wuchtigen Schrank ausgestattet, in den ihr gesamtes Gepäck passte. Die Wohnung war im Erdgeschoss eines alten Hauses am Rande des French Quarters beheimatet. Sie lag an einer ruhigen Nebenstraße, eine kleine Gasse, die von der belebten Hauptstraße abging. Die drei Zimmer hatten die für einen Altbau typischen schiefen Wände und niedrigen Decken. Sie waren vollgestellt mit schäbig-schicken Einzelstücken: mit Samt überzogene Polstersessel, ein abgewetzter Teppich aus Fernost und alte Messinglampen, deren Schirme aus Seide gefertigt waren. Den einzigen Hinweis darauf, dass diese Wohnung im 20. Jahrhundert bewohnt wurde, gab eine vollautomatische Klimaanlage, die am Wohnzimmerfenster angebracht war und das gesamte Apartment mit kühler Luft versorgte.

Gabrielle hatte die Schwestern gebeten, sich ganz wie zu Hause zu fühlen, während sie vom Markt am Ende der Straße Lebensmittel besorgte. »Ich habe leider nichts Essbares mehr im Haus«, hatte sie um Entschuldigung gebeten. »Und Kummer zu haben bedeutet für mich, Hunger zu haben. »

Prue und ihre Schwestern hatten sie gebeten, sich nicht in Unkosten zu stürzen. Aber sie hatte darauf bestanden, um sich, wie sie sagte, auf diese Weise von Helene abzulenken, da sie sonst vor Sorge noch verrückt werden würde.

»Was glaubst du, was das da drüben ist?« Piper deutete auf einen kleinen rechteckigen Tisch, der in einer Ecke des Wohnzimmers stand und mit schwarzem Stoff geschmückt war. Auf dem Tisch standen einige Kerzen und ein niedriger Korb, der mit etwas gefüllt war, was nach getrockneten Kräutern aussah.

»Gabrielle sagte doch, dass sie Voodoo praktiziert«, erinnerte sie Prue. Sie guckte besorgt, weil ihr aufgefallen war, dass sich Phoebes Augen geschlossen hatten. Scheinbar war sie eingeschlafen. »Für meinen Geschmack sieht das nach einem Altar aus.«

»Nun ja, mir jagt er jedenfalls eine Heidenangst ein.« Piper erschauerte.

»Das sollte er nicht.Gabrielle sagte doch, ihre Rituale wenden sich an die positiven Mächte, wenn du dich erinnerst? An die *Rada loa*, nicht die *Petro loa*.«

»Trotzdem ...«

»Komm schon, Piper. Was glaubst du, wie würde sie sich verhalten, wenn sie die Wahrheit über uns wüsste?«, sagte Prue.

Piper zuckte unschlüssig mit den Schultern. »Hoffen wir nur, dass sie es nie herausfindet. Ich halte es immer noch für keine gute Idee, dass du Yvonne hast sehen lassen, zu was du in der Lage bist.«

»Ich weiß, aber ...« Prue schüttelte ihren Kopf und erinnerte sich an das gefährliche Leuchten in den Augen der alten Frau.

»Ich hatte einfach genug von ihren Drohungen. Das Symbol auf Phoebes Kopfkissen war schon genug, aber als sie uns dann noch sagte, wir sollten die Stadt verlassen oder wir würden sterben – das war zuviel des Guten. Ich denke, sie wollte uns mit irgendeinem mystischen Firlefanzfluch belegen und es war an der Zeit, dass sie aufgehalten wurde.«

»Aber was ist, wenn du sie dadurch nur noch wütender gemacht hast?« Piper zweifelte immer noch. »Was ist, wenn sie ...«

»Pst!« Prue gab ihr ein warnendes Zeichen, da sie gehört hatte, dass ein Schlüssel im Türschloss umgedreht wurde »Gabrielle ist wieder da.«

»Lass mich dir helfen.« Piper eilte zu Gabrielle, die zwei prall mit Lebensmitteln gefüllte Einkaufstüten auf einem Arm balancierte. Piper war fast bei ihrer Gastgeberin angekommen, als etwas aus dem Schatten hinter Gabrielle hervortrat.

»Pass auf!«, schrie Prue.

Sie war erschüttert, als sie das unnatürlich fahle Gesicht der Gestalt erblickte. In ihren Augen war nur noch das Weiße zu sehen.

Oh mein Gott!, dachte Prue. Das ist Helene!

Die wunderschönen Gesichtszüge der jungen Frau waren fürchterlich entstellt.

Gabrielle duckte sich und Helenes ausgestreckte Hände schlossen sich um Pipers Kehle. Piper fühlte, wie sie gegen die Wand geschleudert wurde. Würgend rang sie um Luft. Ihre Arme verkrampften sich in der Luft.

»Unternimm was, Prue!«, schrie Phoebe vor Entsetzen auf.

Prue lief an Gabrielle vorbei, die ängstlich an der Wand kauerte. Piper schaffte es, sich aus der Umklammerung ihrer Angreiferin zu lösen.

Prue fühlte, wie sich eiskalte Hände um ihren Hals schlossen. Verzweifelt versuchte sie, sich aus ihrem Griff zu befreien, aber Helene war stärker als sie gedacht hatte. Zu stark für ein menschliches Wesen.

Aus dem Augenwinkel sah sie, wie Pipers Arme in die Höhe flogen.

Mit einem Mal stand die Zeit still.

»Schnell, Prue«, keuchte Piper. »Der Zauber lässt bald nach.«

Prue machte sich von der tödlichen Umklammerung frei und drehte sich um. Ihr Mut sank, als sie die Veränderung in der Luft spürte – die Zeit würde gleich wieder erwachen. Helene bewegte sich wieder. Ohne zu überlegen setzte Prue ihre Kräfte ein, um ihre Angreiferin zurückzuschlagen. Helene wurde zurückgeschleudert und landete draußen auf dem Flur.

Piper lief zur Tür, um sie zu verschließen, bevor Helene aufstehen konnte.

Gabrielle blinzelte. Sie sah erstaunt aus. »Was ist passiert? Wo ist Helene?«

Als ob sie antworten wollte, warf sie ihr gesamtes Gewicht gegen die andere Seite der Tür und hämmerte gegen das alte Holz. Als sie dadurch nur Splitter losschlug, brach sie in ein langgezogenes, gequältes Heulen aus. Prue fühlte, wie ihr ein eiskalter Schauer über den Rücken lief. Dieses Geräusch war unheimlich, mehr animalisch als menschlich.

»Helene?« Gabrielle ging auf die Tür zu.

»Nein!« Prue stellte sich vor Gabrielle und nahm sie in die Arme. »Helene ist ... nicht sie selbst.« Sie versuchte, ihre Stimme so ruhig wie nur irgend möglich klingen zu lassen. »Du kannst die Tür jetzt nicht öffnen. Sie ist gefährlich.«

Gabrielle wand sich aus Prues Umarmung heraus und ging wieder auf die Tür zu. Sie weinte: »Aber sie ist meine Schwester!«

Prue hatte große Mühe, Gabrielle zurückzuhalten. »Piper, Phoebe, ich brauche eure Hilfe!«

Sie stolperten und fielen auf den Boden. Ihren Schwestern gelang es, Gabrielles um sich schlagende Arme festzuhalten. Gemeinsam drückten sie sie zu Boden, während ihre Schwester von außen gegen die Tür und die Fenster hämmerte.

»Du kannst ihr jetzt nicht helfen!«, versuchte Prue Gabrielle klarzumachen, die verzweifelt mit den Augen rollte. »Siehst du das denn nicht? Sie will dir bloß wehtun!«

»Oh, Helene«, klagte Gabrielle. Ihr Strampeln wurde schwächer und schwächer, bis sie nur noch schlaff dalag und weinte. »Wie konnte das geschehen? Wie konnten sie dir das nur antun?«

»Was ist denn?«, fragte Piper. »Was stimmt nicht mit ihr?«

Tränen liefen an Gabrielles Wangen hinab. »Die *secret sociéte*«, brachte sie heraus. »Sie haben ihr das angetan. Jetzt ist sie verloren. Ich werde meine Schwester nie wieder zurückbekommen.«

Prue bemühte sich, trotz der Situation ruhig zu bleiben. »Gabrielle, bitte beruhige dich. Was meinst du damit, dass sie jetzt verloren ist? Wer hat ihr was angetan?«

»Die *sociéte*«, antwortete Gabrielle. »Sie haben sie zu einem Zombie gemacht!«

9

»Zu einem Zombie?«, fragte Prue fassungslos. Ihr Blick glitt von der gequält aussehenden Gabrielle hinüber zu den entsetzten Ausdrücken in den Augen ihrer Schwestern.

Sie alle wussten, was ein Zombie war.

Ein lebender Toter. Eine wandelnde Leiche.

Aber Zombies gab es doch nur im Horrorfilm. Sie existierten nicht wirklich, ganz im Gegensatz zu dem Wesen, das von außen gegen die Tür hämmerte.

Gabrielle weinte vor sich hin. Ihr hysterisches Schluchzen wurde zu einem Stöhnen, während die Furcht erregenden Hiebe gegen die Tür nicht aufhören wollten.

Dann wurde es endlich still.

Gabrielle rollten nur noch ein paar Tränen über das Gesicht. »Sie ist weg. Meine arme Schwester. Meine arme Schwester.«

Phoebe saß mit gerunzelter Stirn auf der Couch. »Aber wie konnte das passieren? Ich hoffe, die Frage ist nicht taktlos, aber wie konnte die *sociéte* Helene in einen Zombie verwandeln?«

»Sie haben ihr ein besonders starkes Gift verabreicht.« Helenes Stimme klang vollkommen monoton.

»Wenn jemand auf diese Weise vergiftet wird, hat es den Anschein, als sei die Person tot. Dementsprechend wird sie beigesetzt. Aber der Voodoopriester, der sie vergiftet hat, gräbt sie aus und belebt sie wieder. Dafür gibt es spezielle Kräuter und Zaubersprüche. Das Opfer befindet sich dann in einem komaähnlichen Zustand und kann nur den Anweisungen derjenigen Person folgen, die sie vergiftet hat. Sie besitzt keinen eigenen Willen mehr, alle ihre Lebensgeister sind abgestorben. Sie ist nicht länger der Mensch, der sie früher einmal war. Sie ist ein Sklave. Ihr Körper wird von ihrem neuen Herrn so lange benutzt, bis er stirbt. Das dauert nur kurze Zeit.«

»Es gibt also kein Gegenmittel?«, fragte Phoebe.

Gabrielle sah sie ernst an. »Keines, von dem ich gehört hätte. Nur sehr mächtige Magie kann einen Zombie erschaffen – und es müssen sehr mächtige Geister herbeigerufen werden. Diese Kraft kann man nicht so einfach vernichten.«

Prue wusste, dass nichts, was sie sagte, Gabrielles Schmerz lindern würde. Sie strich der Museumskuratorin über das dunkle Haar.

»Was unternehmen wir jetzt?« Piper flüsterte fast. Ihr Blick huschte immer wieder nervös in Richtung Tür. »Vielleicht ist sie immer noch da draußen. Vielleicht versteckt sie sich bloß.«

Prue stand von der Couch auf.

»Du willst doch wohl nicht da rausgehen?«, fragte Phoebe ihre Schwester mit bangem Unterton.

»Nein«, antwortete sie.

Prue ging langsam zur Tür hinüber und zog die altmodischen Gardinen auseinander, um einen Blick nach draußen zu riskieren. Helene war nirgends zu sehen.

Prue ging zur anderen Seite des Raums, um von dem dort liegenden Fenster aus auf die Straße zu schauen. Auch hier konnte sie Helene nicht sehen.

Aber im Licht der Straßenlaterne am Treppenabsatz konnte sie etwas anderes erkennen. Etwas, das von einem Azaleenbusch hing, der links neben der Tür stand.

Es sah aus wie ein Stofffetzen.

Prue atmete erschrocken aus, als sie den blauen Schal erkannte, den Yvonne heute Morgen getragen hatte. War die alte Frau auch hier gewesen? War sie den Schwestern bis zu Gabrielle gefolgt? Hatte sie Helenes Angriff miterlebt?

War *sie* dafür verantwortlich, dass Helene in einen Zombie verwandelt worden war? War sie diejenige, die jetzt die Kontrolle über Helene besaß?

Das Einzige, was Prue mit Sicherheit wusste, war, dass sie und ihre Schwestern zwar aus dem Haus der Montagues entkommen waren, sie sich deswegen aber noch längst nicht in Sicherheit befanden.

»Warum gehen wir wieder zu dieser Betrügerin?« Prue war überrascht, dass sie erneut Madame La Roux aufsuchten. Gemeinsam mit Piper hastete sie die gut beleuchteten Straßen entlang. Nachtschwärmer verließen die Bars, eine Dixielandkapelle stimmte an einer Straßenecke eine muntere Melodie an.

»Weil sie sich ganz offensichtlich mit Voodoo auskennt«, antwortete Piper. »Wenn Gabrielle nicht weiß, wie wir Helene helfen kö ...«

»Und sie weiß es nicht«, fügte Prue hinzu.

»... könnte Madame La Roux unsere einzige Hoffnung sein. Wir haben keine andere Wahl«, beendete Piper ihren Satz.

»Und warum glaubst du, dass sie um diese Uhrzeit noch offen hat?«

»Weil ... na ja, sieh dich mal um, Prue. Sieht es in dieser Stadt so aus, als würde irgendein Laden mal zumachen?«

Jazz, Ragtime, Blues und Cajun, die Musik der Einheimischen, schwappte aus den Clubs und Restaurants, die in dieser Gegend des French Quarters besonders zahlreich waren, auf die Straße. Über der Straße hing wieder das Aroma von frisch gemahlenen Kaffeebohnen und ofenwarmem Kuchen. Diverse Läden waren hell erleuchtet und boten alles von Pralinen über T-Shirts bis hin zu Salzstreuern an.

»Ich schätze, du hast Recht«, sagte Prue. Sie deutete auf den beleuchteten Kleinstand von Madame La Roux. »Da wären wir.«

»Glaubst du, dass es Phoebe gut geht?«, fragte Piper als sie den Stand betraten. »Ihr Zustand hat sich seit heute Morgen nicht gerade gebessert.«

»Gabrielle kümmert sich um sie. Und wir sind ja auch bald wieder bei ihr.«

Außer ihnen war kein Kunde an dem Stand. Nur die Besitzerin, saß einfach da und sah sie streng unter ihren flammend roten Haaren an.

»Da seid ihr ja wieder«, stellte sie fest.

»Ich war mir nicht sicher, ob Sie sich an uns erinnern würden«, begann Prue. »Hier müssen doch tagtäglich Hunderte von Touristen vorbeikommen.«

»Aber nicht alle von ihnen sind dumm genug, im Haus der Montagues zu übernachten.« Madame La Roux zuckte zusammen. »Ich erinnere mich an euch. Von dem Moment an, da ihr über die Türschwelle dieses Hauses getreten seid, wart ihr verflucht – und dieser Fluch wird euch überall hin verfolgen. Es sei denn, ihr entledigt euch seiner.«

Sie griff unter den Tresen. »Rein zufällig habe ich hier ein Pulver, das ...

»Einen Moment mal, Madame«, fiel Prue ihr ins Wort. »Wir haben es hier mit keinem Fluch zu tun. Hier geht es um eine große, bösartige Köchin, die Menschen mittels Voodoomagie in Zombies verwandelt.« Madame La Roux keuchte auf und sah Prue erschrocken an.

Jetzt liegen die Karten auf dem Tisch, überlegte Prue. »Also, wie halten wir sie auf?«

»Ich könnte es euch verraten ... wenn ihr willens wäret, tief in den dunklen Gefilden der schwarzen Magie zu waten«, erklärte die Frau.

Prue sah Piper an. »Ich glaube sie hat Recht«, stellte sie nach einem Moment fest. »Wir müssen Voodoo mit Voodoo bekämpfen.«

»Ja, schon, aber schwarze Magie?« Piper hatte ihre Zweifel. »Damit will ich nichts zu tun haben.«

»Es gibt noch einen anderen Weg«, bot Madame La Roux an. Sie langte erneut unter den Tresen und zog diesmal einen kleinen weißen Umschlag hervor sowie ein gelbes Blatt Papier. »Dieses Päckchen enthält ein weißes Pulver, das ihr in einem Kreis um euch herum auf den Boden streuen müsst, wenn ihr in Gefahr geratet. Während ihr es auf den Boden streut, müsst ihr den Zauberspruch laut vorlesen, der auf dem Papier geschrieben steht.«

»Wird uns das auch gegen einen Zombie helfen?«, erkundigte sich Prue.

»Das Pulver wird euch vor allen Gefahren beschützen«, versicherte ihr die rothaarige Frau. »Es ist sehr mächtig.«

Prue griff nach dem Päckchen und dem Zauberspruch, aber die Händlerin zog beide Gegenstände blitzschnell außer Reichweite. »Ah, ah«, entfuhr ihr ein missbilligender Laut. Sie wackelte mit dem Zeigefinger. »Erst das Geld. Und ich warne euch, das wird nicht billig.«

Sie nannte eine Zahl.

Prue war baff. »Holla, was ist denn da drin? Geriebene Goldbarren?« Sie sah Piper an, die nickte. Ihnen blieb keine Wahl. Sie mussten sich jeden Schutz besorgen, den sie nur irgendwie bekommen konnten. Prue griff in ihre Tasche und holte ihre Kreditkarte heraus.

Madame La Roux's Armreife klackten, als sie nach der Karte griff und sie an sich nahm. Prue hielt ihre Hand immer noch ausgestreckt und blickte die Händlerin fordernd an. Schließlich legte die Frau das Päckchen und das Blatt Papier auf Prues Hand.

»Keine Bange«, meinte Madame La Roux, während sie die Kreditkarte durch den entsprechenden Apparat zog. »Damit seid ihr sicher.«

Prue zog die Stirn in Falten. Vielleicht war dem so. Vielleicht auch nicht. Sie konnte nur hoffen, dass ihnen das Pulver und der Zauberspruch – zusammen mit der Macht der Drei – ausreichend Zeit verschafften, sodass sie hinter Yvonnes eigentliche Pläne kommen konnten ... und herausfanden, wie sie aufzuhalten war.

»Und gehst du nun zur Polizei?«, fragte Piper Gabrielle. Sie und Prue waren gerade von ihrer Visite bei Madame La Roux zurückgekehrt. Nun, da sie das beschützende Pulver hatten, mussten sie sich nur noch einen Plan überlegen.

»Was würde das denn bringen?«, entgegnete Gabrielle. Sie hatte sich in einen grünen Stuhl mit Samtbezug verkrochen und ihre Arme um sich gelegt, so als sei ihr kalt. »Die Polizei will von Voodoo doch nichts hören. Außerdem gibt es nichts, was man noch tun kann, wenn jemand in einen Zombie verwandelt wurde.«

»Vielleicht«, stimmte Prue zu. »Aber ich finde nicht, dass wir Helene einfach aufgeben sollten. Und vielleicht kann die Polizei die *secret sociéte* aufhalten, bevor sie noch jemanden in einen Zombie verwandelt.«

Gabrielle zuckte ratlos mit den Achseln und starrte den abgewetzten Teppich an.

»Gabrielle?« Piper stupste ihre Gastgeberin an.

Die junge Frau fing wieder zu sprechen an. »Glaubt mir, die Polizei ist hilflos, wenn sie es mit Voodoozaubereien zu tun bekommt. Das ist so, als würde man ein Meerschweinchen damit beauftragen, einen Tiger zu erlegen.« Sie zuckte ratlos mit den Achseln. »Aber ... vielleicht sollte ich doch mit ihnen reden. Ein Versuch kann wohl nicht schaden.«

»Okay«, ging Piper die Sache an. Sie sah ihre Schwestern an. »Und was machen wir?«

Phoebe hielt ihre Augen fest geschlossen. »So sehr ich die Vorstellung auch hasse, ich denke, wir müssen zurück zu den Montagues.«

»Warum?« Gabrielle klang beunruhigt.

»Weil wir dort dem *Petro loa*-Kult begegnet sind«, antwortete Piper. »Sie scheinen ihre Zeremonien sehr häufig in der Gegend abzuhalten. Wir können zwar nicht mit Gewissheit sagen, dass gerade diese Gruppe etwas mit dem zu tun hat, was mit Helene geschehen ist, aber Prue glaubt, dass Yvonne in der Nähe deiner Wohnung war, Gabrielle. Es besteht also die Chance, dass es eine Verbindung zwischen Helene und dem Kult gibt, der auf dem Anwesen der Montagues sein Unwesen treibt.«

»Das ist die einzige Spur, die wir haben«, fügte Prue noch hinzu. »Nur so können wir herausfinden, was hier wirklich vor sich geht.«

Gabrielles Augen weiteten sich vor Entsetzen. »Wenn ihr dorthin zurückkehrt, begebt ihr euch in schreckliche Gefahr.«

Piper hielt das kleine Briefchen mit dem weißen Pulver hoch. »Mach dir keine Sorgen.« Sie klang sehr viel zuversichtlicher, als sie es wiklich war. »Wir passen schon auf uns auf.« Sie sah zu Phoebe hinüber, deren Haut einen krankhaften grauen Ton angenommen hatte. »Aber vielleicht solltest du hier bei Gabrielle bleiben«, wandte sie sich an ihre jüngere Schwester. »Du siehst nicht so aus, als wärest du uns eine große Hilfe.«

Piper war klar, dass Phoebe nicht wollte, dass sie dem Voodookult ohne die Macht der Drei nachjagten, aber sie hielt es für keine gute Idee, Phoebe in ihrem Zustand dieser Gefahr auszusetzen. Schließlich schien sie kaum in der Lage zu sein, aufrecht zu stehen.

»Ich sag dir was, Phoebe«, mischte sich Prue in das Gespräch ein. »Warum bleibst du nicht hier bei Gabrielle, und falls wir dich brauchen, holen wir dich einfach nach. Das verspreche ich.«

»Nein.« Phoebe ließ sich nicht umstimmen. »Ich komme mit. Ende der Diskussion.«

»Ich wünschte wirklich, ich wäre bei Gabrielle in der Stadt geblieben«, stellte Phoebe wenig später mit schwacher Stimme fest. Sie folgte ihren Schwestern auf dem dunklen Pfad, der hinter dem Haus der Montagues in die nebligen Tiefen des Bayous führte.

»Wir haben dir doch gesagt, dass du da bleiben sollst«, erinnerte Prue sie an ihre Diskussion. »Du wolltest mitkommen.«

»Weil ich geschlafen habe und mich besser fühlte«, log Phoebe. In Wahrheit hatte sie überhaupt nicht geschlafen, als ihre Schwestern Madame La Roux aufsuchten. Sie hatte sich wirklich Mühe gegeben, einzuschlafen, während Gabrielle trauernd in einem Stuhl am Fenster saß. Aber, so erschöpft sie auch war, sie konnte nicht einschlafen. Sie konnte dieses überwältigende Gefühl des Unbehagens einfach nicht abschütteln, das mit jeder Minute nur noch schlimmer wurde.

Nun, nach der schweigsamen Fahrt durch die ländliche Gegend, die sie wieder an der verlassenen Stadt Gaspard vorbeigeführt hatte, musste sie die aufkommende Panik bekämpfen, die langsam in ihr aufstieg. Prue hatte das Auto in dem dichten Unterholz abgestellt, das am Rande der Straße wuchs, die zu der Plantage führte. Das alte Haus hatte einen dunklen und verlassenen Eindruck gemacht, als sie es passierten.

Und dennoch wurde Phoebe das Gefühl nicht los, dass schon bald irgend etwas Schreckliches passieren würde. Das Haus der Montagues – mit dem sie in Gedanken auch Yvonne und schwarze Magie verband – machte ihr Angst. Daran gab es keinen Zweifel.

Sie erinnerte sich daran, dass sie immerhin mit dem magischen Pulver von Madame La Roux und dem Zauberspruch bewaffnet waren. Nicht, dass ihr der Gedanke sonderlich viel Trost spendete, aber wenn es hart auf hart kam, musste sie ihren Schwestern unbedingt beistehen. Egal, wie lausig sie sich fühlte und wie viel Angst sie hatte.

Reiß dich zusammen, Phoebe, belehrte sie sich. *Die Macht der Drei steht dir bei. Es wird schon alles gut gehen.* Sie schlichen den Weg entlang, der mit jedem Schritt dunkler und bedrohlicher zu werden schien. Prue hatte sich von Gabrielle eine Taschenlampe geliehen, doch selbst deren heller Strahl vermochte die schwüle Dunkelheit der Nacht nicht zu durchdringen. Lediglich ein kleiner Ausschnitt des Weges war stets einigermaßen beleuchtet.

Um sie herum drangen aus allen Richtungen die Geräusche des Sumpfes an ihre Ohren. Das Singen der Nachtvögel, das Brummen der Insekten, das Knacken und Rascheln, als sich die nachtaktiven Tiere ihren Weg durch den Sumpf bahnten. Über ihnen erhoben sich die moosbewachsenen Bäume, die bis hinauf zu den Nebelschwaden langten, die am dunklen, mondlosen Himmel hingen. Die Luft war feucht und mit dem Geruch abgestanden Wassers und feuchter Erde getränkt. Der Boden unter Phoebes Füßen war an manchen Stellen schwammig, an anderen Stellen wiederum morastig und nass.

Ich möchte heute Abend keinen Schlangen begegnen, hoffte Phoebe. Und bitte auch keinen Alligatoren!

»Was für ein Urlaub«, murmelte Piper.

»Pst!«, machte Prue, die voranging.

»Ich wäre jetzt lieber im ›Remy's‹«, flüsterte Piper Phoebe zu. »Und du? Ich schätze, du wärst jetzt lieber im ›Seven Tuesdays‹, um heute Nacht mal so richtig den Bär steppen zu lassen, oder?«

Phoebe zuckte mit den Schultern. Unter normalen Umständen wäre sie viel lieber in der Stadt. Aber sie fühlte sich schrecklich, und mit jeder Sekunde wurde es schlimmer. Sie wollte nur, dass dieser ganze Alptraum bald endete, damit sie endlich ins Bett krabbeln und eine Woche lang schlafen konnte. Mindestens.

Prue, die einige Schritte vor ihnen ging, blieb plötzlich stehen und gab Phoebe und Piper mit einem Neigen ihres Kopfes zu verstehen, dass sie leise näher kommen sollten.

»Die *secret sociéte*«, bestätigte Piper mit einem Nicken.

Phoebe hörte Stimmen in der Nähe, die etwas murmelten, was wie eine Beschwörung klang.

Prue drückte behutsam die tief hängenden Äste eines Baumes beiseite und hielt sich einen Finger an die Lippen, während sie ihre Schwestern ermahnend anblickte.

Dann drehte sie ihre Augen in Richtung der Lichtung.

Phoebe tat es ihr nach und sah auf die makabre Szenerie, die sich ihrem Auge darbot.

In rote Gewänder gehüllte Gestalten hatten einen Kreis gebildet und standen unter einem mit Stroh bedeckten Dach. Ein Feuer flackerte in der Mitte des Zirkels. Die Arme der Gestalten waren zum Himmel emporgerissen und ihre Köpfe waren in den Nacken zurückgelegt, während sie Worte in einer Sprache anstimmten, die Phoebe noch nie zuvor gehört hatte. Eine der größeren Gestalten hielt ein kopfloses Huhn über eine Blechschüssel, dem das Blut aus dem Hals quoll.

Phoebe zog eine Grimasse. Sie spürte, wie ihr allmählich übel wurde.

Während die Schwestern dem grausigen Spektakel zusahen, fing eine der vermummten Gestalten an, eine Trommel zu schlagen. Sie intonierte einen langsamen, sanften Rhythmus, der unregelmäßig erklang und allmählich Fahrt aufnahm, während der Gesang lauter wurde und die Stimmen in eine höhere Tonlage überwechselten.

Phoebes Herz fing an zu rasen. Ihr gefiel das überhaupt nicht. Sie mussten von hier verschwinden. Jetzt. Bevor es zu spät war.

»Prue!« Sie griff nach der Hand ihrer Schwester.

Prue drehte sich um und warf ihr einen warnenden Blick zu.

»Bitte, Prue.« Phoebes Stimme war kaum noch zu hören. Sie machte eine Pause und schluckte. Die Übelkeit stand ihr schon bis zum Hals. Dann sammelte sie alle noch in ihr vorhandene Stärke und flüsterte: »Hier geschieht etwas Schreckliches.«

Sie hatte das Gefühl, dass die Trommeln und die Stimmen lebendig waren, dass es sich um tatsächlich existierende Wesen handelte, die sich immer dichter an sie heranschlichen. Sie öffnete ihren Mund und versuchte, etwas Luft einzusaugen.

Ihr war klar, dass sie sich beruhigen musste.

Doch es war fast so, als würde sie allmählich von den unzähligen Geistern erstickt, die unerbittlich auf sie niedersanken.

Panisch und nicht mehr in der Lage zu sprechen, flehte sie ihre Schwestern stumm um Hilfe an. Sie griff nach Prues Arm.

Fühlten sie es nicht? Konnten sie nicht spüren, was um sie herum geschah? Bemerkten sie nicht die dunklen Mächte, die in der nächtlichen Luft um sie herumwirbelten?

»Piper, mit Phoebe stimmt etwas nicht. Gib mir das Pulver und den Zauberspruch.« Prues Worte klangen dringend. Sie streckte ihre Hand in Pipers Richtung aus, sah aber mit besorgtem Gesichtsausdruck auf Phoebe herab, die sich auf den Boden kauerte und absolut fürchterlich aussah. Phoebe konnte Prues Gesicht gerade noch verschwommen erkennen, da fing die Welt um sie herum an, sich in alle Richtungen zu drehen.

Sie hörte, wie ihre Schwestern eilig die Worte murmelten, die auf dem Papier standen, das sie mit der Taschenlampe anleuchteten. Dann sah Phoebe, wie Prue ein kleines weißes Päckchen öffnete und den Inhalt in einem Kreis um sie alle Drei verteilte.

Das Trommeln wurde immer lauter.

Der Gesang nahm an Schärfe zu.

Phoebe streckte ihre Arme nach ihren Schwestern aus. Der Schutz wirkte nicht.

Bitte!, schrie ihre eigene Stimme in ihrem Kopf auf. Bitte lasst nicht zu, dass sie mich holen kommen!

Aber ihre Schwestern schienen mit einmal in sehr weite Ferne zu rücken. Ihre Stimmen gingen in dem Brüllen unter, das plötzlich in Phoebes Ohren drang.

Piper ... Prue ... bitte ...

Seht ihr denn nicht, was hier geschieht.

Und auf einmal war um sie herum nichts als Schwärze.

10

»WAS GESCHIEHT HIER?«, fragte Piper ängstlich. Eine Nebelbank erschien aus dem Nichts und raubte ihnen die Sicht, machte sie blind. Piper versuchte, nach Phoebe zu greifen, die nur in wenigen Zentimetern Entfernung gestanden hatte, aber ihre Hände griffen in den leeren Raum. Piper konnte nur einen Schleier aus wirbelndem Weiß erkennen.

»Prue!«

»Ich bin hier, Piper!«, rief Prue zurück. »Phoebe? Phoebe!«, hörte Piper ihre ältere Schwester rufen.

Keine Antwort. Das Trommeln und der Gesang schwollen zu einem grausamen Crescendo an, und dann war nur noch ... Stille.

Der Nebel war noch dichter geworden, fast wie eine Wand. Piper streckte ihre Hand aus und hoffte, eine ihrer Schwestern zu berühren. Vor ein paar Sekunden waren sie noch hier gewesen. Sie konnten nicht mehr als maximal einen Meter entfernt sein, und trotzdem konnte ihre Hand nur die dicke, feuchte Nebelwand ertasten.

Dann lichtete sich der Nebel so plötzlich, wie er erschienen war. Piper konnte wieder sehen.

Prue stand genau gegenüber von ihr. Aber was war mit Phoebe?

Wo war sie? Piper wirbelte ungläubig herum.

Phoebe war verschwunden.

Auch die *secret sociéte* war verschwunden. Da war nichts unter der Überdachung, bis auf das glimmende Feuer und das über den Boden verteilte Hühnerblut.

»Phoebe!«, rief Prue. »Phoebe!«

»Wo ist sie, Prue?«, fragte Piper mit schwankender Stimme. »Wo ist Phoebe?«

»Das weiß ich nicht.« Prue lief auf die Stätte der Zeremonie zu. »Phoebe!«

Piper brach beinah zusammen, so entmutigt war sie. Aber sie musste sich am Riemen reißen – zu Phoebes Besten. »Wir müssen sie finden!«, würgte sie.

»Das werden wir auch«, entgegnete Prue. Doch selbst ihre kühle, kontrollierte Art hatte gelitten. Ihre Stimme zitterte, als sie versuchte, die aufsteigende Panik zu unterdrücken. Sie drehte ihren Kopf und sah Piper direkt an. »Hey! Wie lautete dieser Spruch, den wir aufgesagt haben, als Phoebe abgehauen ist, um sich mit diesem Motorradfreak in North Beach zu treffen?«

Pipers Herz tat einen Sprung. Ja! Der Zauberspruch hatte perfekt funktioniert und würde sie bestimmt auch diesmal auf direktem Wege zu Phoebe führen. Sie erinnerte sich, wie Phoebe damals binnen Sekunden aufgetaucht war, und sogar noch die Lederjacke und den Helm trug. Sie hatte sich damals mächtig darüber aufgeregt, dass ihre Schwestern ihr Date unterbrochen hatten.

»Tolle Idee! Ich bin sicher, dass ich den noch zusammenbekomme«, freute sich Piper.

»Schnell, nimm meine Hände.« Ihre Finger griffen ineinander und Piper begann ihre Zauberformel.

»Suche Nord, suche Süd, suche Ost und suche West. Suche Land, suche See und den Himmel und den Rest. Bring uns zurück die, die wir lieben.«

Ein heftiger Wind zog auf, der sie beide in die Luft hob und um ihre eigenen Achsen wirbelte. Er verschwand ganz plötzlich wieder und ließ sie auf ihre Füße fallen. Sie beide blickten in dieselbe Richtung.

Piper öffnete ihre Augen und sah sich um. »Keine Phoebe«, stellte sie deprimiert fest.

»Nein«, stimmte Prue zu. »Sieht so aus, als hätte uns der Spruch diesmal nur eine Richtung verraten.«

»Nämlich?«

Prue sah in den Himmel hinauf. »Südost. Nach New Orleans.«

»Ich vermute, du hast keinen Zauber parat, der das etwas weiter einschränken kann?«, fragte Piper leicht entmutigt.

»Leider nein. Komm schon, wir sollten uns in Bewegung setzen.«

Piper protestierte. »Aber wir wissen nicht einmal, wo in der Stadt wir unsere Suche beginnen sollen.«

»Und genau deshalb sollten wir keine Zeit verschwenden.

Sie könnte überall sein. Und wer weiß, wieviel Zeit ihr noch bleibt, bis …«

»Bis …«, wiederholte Piper, deren Blick den ihrer Schwester suchte und fand. Ihr gefiel nicht, was sie darin sah. Piper blickte zu Boden.

»Ja«, murmelte sie. »Wir sollten keine Zeit verschwenden.«

Nachdem sie den Mietwagen abgestellt hatten, gingen Piper und Prue die Bourbon Street entlang. Sie überlegten, wo sie mit ihrer Suche beginnen sollten. Der Zauber hatte ihnen nicht nur eine Richtung vorgegeben. Er wirkte immer noch. Prue konnte fühlen, wie er sie einem Magneten gleich in einer bestimmten Richtung durch das French Quarter zog – auf Phoebe zu. Sie ist irgendwo in diesem Teil der Stadt, überlegte Prue. Sie muss hier irgendwo stecken. Prue musterte Gebäude um Gebäude und fragte sich bei jedem, ob es das Hauptquartier der *secret sociéte* war. Aber der Zauber zerrte weiter an ihr.

Sie passierten einen kleinen Park. Prue fröstelte. Sie hätte schwören können, dass sie von einem Augenpaar beobachtet wurde, das sich nur ein paar Meter neben dem Bürgersteig im Schatten einiger Bäume verbarg. Sie drehte sich um.

»Was ist los?«, fragte Piper.

»Nichts«, entgegnete Prue. Niemand war in der Nähe. Jedenfalls niemand, der sie zu verfolgen schien.

Als sie an einem Kartentelefon vorbeikamen, fragte Piper: »Sollen wir versuchen, Gabrielle anzurufen? Sie wird auf uns warten und wissen wollen, was wir herausgefunden haben. Und vielleicht … vielleicht hat sie ja von Phoebe gehört.«

»Ist einen Versuch wert.« Prue fischte eine Telefonkarte aus ihrer Hosentasche und steckte sie in den Schlitz. Sie wählte und wartete dann, während das Telefon klingelte … und klingelte. Nach einer Weile hängte sie den Hörer ein und drehte sich zu Piper um. »Niemand da.«

»Wahrscheinlich hatte sie die gleiche Idee wie wir«, mutmaßte Piper. »Durchkämmt die Straßen nach Helene oder irgendjemandem, der ihr behilflich sein kann.«

In dem Moment, in dem Prue von dem Kartentelefon wegtrat, wurde der Zug des Zaubers intensiver. Er drehte Prues Körper in Richtung der anderen Straßenseite. Ihr Blick fiel auf ein Schild. »Piper, sieh mal!« Sie deutete auf das Schild.

Ihre Schwester drehte sich um und schnappte überrascht nach Luft. »Das ist der Club, in dem Helenes Freund Andre arbeitet.«

Prue nickte und starrte das neonfarbene Schild an, auf dem in grellen Buchstaben stand: »Seven Tuesdays: Mardi Gras das ganze Jahr!« Selbst auf dieser lärmintensiven, übervölkerten Straße konnten sie das wabernde Dröhnen der Musik hören, die aus dem zweistöckigen Nachtclub drang.

»Es ist kein Zufall, dass wir hier sind«, stellte Prue fest. »Der Zauber hat uns hierher geführt. Wir sollen in diesen Club gehen. Phoebe muss ganz in der Nähe sein.«

»Dann lass uns reingehen.« Piper setzte sich in Bewegung.

Sie gingen an den lautstarken, ziemlich aufgedrehten Leuten vorbei, die vor dem Club auf der Straße standen und miteinander tranken. Viele der Nachtschwärmer trugen Masken und manche hatten gigantische Hüte aus Pappmaché auf dem Kopf. Jemand, der sich mit einem Drachenkopf maskiert hatte, hängte Prue ein paar nachgemachte Perlenketten um den Hals und ein anderer verschüttete seinen Drink auf ihre Hose.

Prue konzentrierte sich auf die geöffnete Tür des Nachtclubs und ließ zu, dass der Zauber sie in den Club hineinzog. Ihre Nackenhaare stellten sich auf, als sie über die Türschwelle in den von ohrenbetäubender Musik erfüllten Raum trat.

War es auch nur ansatzweise möglich, dass sie Phoebe hier finden würden?

Und selbst wenn sie hier war, wie sollten sie sie in dem Gewusel ausfindig machen?

Überall, wo Prue hinblickte, sah sie Leute mit phantasievollen Masken und Kostümen. Laserstrahlen tasteten die Tanzfläche ab, auf der sich Körper der Musik hingaben. Die Luft wurde von dem Zigarettenrauch und dem Biergeruch beherrscht.

»Prue, da drüben.« Piper musste laut schreien, um sich bemerkbar zu machen.

Prue sah, wie ihre Schwester in Richtung der Bar deutete. Mit gerunzelter Stirn fragte sie sich, was Piper wohl meinen mochte.

Und dann sah sie ihn – Andre.

Sie hatte gewusst, dass er hier arbeitete, aber irgendwie hatte sie angesichts dessen, was mit Helene geschehen war, nicht erwartet, ihn hier bei der Arbeit anzutreffen. Sie kniff ihre Augen zusammen und beobachtete ihn, wie er auf routinierte Weise ein paar Bierflaschen öffnete.

Reiß dich zusammen, Prue, soll er vielleicht tränenüberströmt an der Bar hängen?, schalt sie sich selbst. Er machte nur seinen Job. Jeder, der Piper und Prue ansah, hätte auch nicht erkannt, dass sie derzeit ihren schlimmsten Alptraum erlebten.

»Lass uns zu ihm rübergehen und mit ihm sprechen«, schlug Piper brüllend vor.

Prue nickte. Als sie versuchten, sich zur völlig überfüllten Bar vorzukämpfen, drückte ihnen eine Gruppe lärmender Jugendlicher jeweils eine Flasche Bier in die Hand und forderte sie mit wildem Gejohle auf zu trinken.

Prue sah Piper an, die mit der Schulter zuckte.

»Auf Phoebe«, brüllte Piper über den Lärm hinweg. Sie stieß ihre Flasche gegen die von Prue.

»Auf Phoebe.« Auch Prue nahm einen kräftigen Schluck.

Sie setzten ihren Marsch zur Bar fort, aber es war so, als versuchten sie, gegen eine mächtige Strömung anzuschwimmen. Nach zwei Schritten, die sie sich vorwärts bewegt hatten, mussten sie immer wieder einen Schritt zurückmachen.

Nach ein paar Minuten sah Prue ein Schild, auf dem »Toiletten« stand. War es unter Umständen möglich, dass sich Phoebe dort befand? Sie zupfte an Pipers Ärmel. »Ich seh mir mal die Toiletten an.« Sie schrie gegen die Musik an und wartete auf eine Antwort.

»Was?« Piper hob ihre Hände, um ihrer Schwester zu zeigen, dass sie nichts verstanden hatte.

Prue deutete auf das Schild, das über ihren Köpfen hing.

Piper verstand, nickte und machte ein Zeichen, dass sie vor der Tür warten würde.

Prue stieß die hölzerne Tür auf und fand sich in einer langen, dunklen Diele wieder. Sie ging an einigen maskierten Clubbesuchern vorbei, die ihr bedrohlich hinterherzustarren schienen. Sie fühlte sich allmählich benebelt, so als ob die Wände immer näher kamen. Was ist mit mir los?, fragte sie sich.

Luft. Sie brauchte Luft, das war alles. Sie musste endlich aus dieser Diele heraus.

Prue zögerte und drehte sich wieder zur Tür um, die in den Club führte. Lag es an ihrer gestörten Wahrnehmung, oder versperrten ihr die Gestalten in der Diele den Weg.

Sie wirbelte herum. Vor ihr befanden sich drei Türen, auf denen Schilder befestigt waren: »Damen«, »Herren« und »Ausgang«. Sie rannnte durch die letzte Tür und fand sich in einer engen, schmutzigen Gasse wieder. Prue atmete stoßweise tief ein und aus und lehnte sich gegen die Steinmauer des Nachtclubs. Hier draußen war nichts außer ein paar geparkten Autos, einem riesigen Stapel Holzkisten und einem großen Müllcontainer. Der Gestank von Abfall hing in der Luft.

Prue drehte sich gerade um, um wieder durch die Tür zu gehen, als sie sah, wie sich etwas hinter dem Müllcontainer bewegte.

»Wer ist da?«, rief sie.

Das Geräusch von schlurfenden Fußschritten ertönte.

»Wer ist da?«, wiederholte sie ihre Frage.

Keine Antwort – nur eine unheimliche Stille.

Panik kroch Prue die Kehle hinauf. Sie griff blindlings hinter sich und fummelte mit dem Rücken zur Wand an dem Türgriff. Ihre Finger schlossen sich um ihn.

Sie drehte sich blitzschnell um und drehte mit aller Macht an dem Knauf, aber er rührte sich keinen Millimeter. Die Tür war hinter ihr ins Schloss gefallen.

Sie spürte etwas hinter sich, noch bevor sie den langen Schatten sah, den die Gestalt auf die Mauer warf. Ihr Atem stockte, als sie sich langsam umdrehte und direkt von Angesicht zu Angesicht vor dem Zombie stand:

Helene Toussant.

Das ausdruckslose Gesicht des Mädchens war nur Zentimeter von ihrem eigenen entfernt, und Helenes leere Augen waren auf Prue gerichtet. Der Zombie streckte seine Arme aus und griff nach ihr.

»Nein!« Prue schrie. Sie wirbelte herum und suchte verzweifelt nach einem Fluchtweg. Es gab keinen. Ihre einzige Hoffnung lag darin, ihre Kräfte einzusetzen, um Helene gegen die Wand krachen zu lassen.

Doch als sie ihre Arme anhob, geschah nichts.

Mein Gott, ich muss unter Drogen gesetzt worden sein, dachte sie entsetzt. Jemand hatte ihr etwas in dieses Bier getan. Aber wer? Sie hatte jetzt keine Zeit, darüber nachzudenken. Die eisigen Hände von Helene Toussant legten sich um Prues Hals.

Sie befreite sich aus dem unbarmherzigen Griff und schaffte es, den Zombie zu Boden gehen zu lassen. Aber Helene war nicht aufzuhalten. Ihre Arme umfingen Prues Beine und zogen an ihnen, sodass auch Prue hinfiel.

»Au!« Prue schlug hart auf den Boden auf und drehte sich in Panik, um ihrer Angreiferin zu entkommen.

Während sie Helenes mächtigem Griff auswich, bemerkte sie, dass jemand ganz in ihrer Nähe stand. Sie sah hoch. Der Atem stockte ihr in der Kehle, als sie die Silhouette erkannte. »Phoebe!« Ihre Stimme war dünn, denn Helenes Hände schnürten ihr erneut die Kehle zu. »Phoebe, hilf mir!«

Helene drückte noch fester zu. Prue zog ihre Knie an und rammte sie Helene so hart wir nur irgend möglich in den Magen, was den Zombie dazu zwang, die tödliche Umklammerung für einen Augenblick zu lockern.

Prue nutzte ihren Vorteil und rappelte sich auf. »Komm schon, Phoebe. Weg von hier!«, rief sie ihrer Schwester zu.

Aber Phoebe stand nur da. Ihr Gesicht war eine groteske Maske bar jeden Ausdrucks.

Was ist mit ihr geschehen?, dachte Prue entsetzt.

Ihre Augen weiteten sich. Ihr Körper war von dem Schock wie gelähmt, als sie die Erkenntnis wie ein Blitz traf ...

Phoebe war ein Zombie!

11

»PHOEBE, UM HIMMELS WILLEN, hilf mir!« Prue hoffte, irgendwie zu ihrer Schwester durchzudringen.

Helene war schon wieder aufgestanden. Sie kam mit ungelenken, roboterhaften Bewegungen auf Prue zugewankt, der das Blut in den Adern gefror. Gabrielles Schwester war nicht mehr als menschlich zu bezeichnen.

Prue fiel der Stapel mit den Holzkisten auf, der sich hinter Helene auftürmte. Sie musste den Zombie bloß gegen den Stapel stoßen und die schweren Holzkisten würden ihn unter sich begraben.

Aber da war auch noch Phoebe, in deren Augen diese fürchterliche Leere stand. Sie würde ebenfalls von den herabfallenden Kisten zerquetscht werden.

Kaum dass Prue über ihre Schwester nachdachte, setzte sich diese auch schon, Schulter an Schulter mit Helene, mit denselben roboterhaften Schritten in ihre Richtung in Bewegung.

Prue wusste, dass sie nur entkommen konnte, wenn sie den Stapel zum Einsturz brachte.

Aber konnte sie es wirklich riskieren, ihre Schwester zu verletzen – oder gar zu töten?

Das ist nicht mehr Phoebe, schrie eine Stimme in ihrem

Kopf. Sieh sie dir an. Sie ist eine Untote. Prue zögerte und blickte vom leblosen Gesicht ihrer Schwester zu den aufgetürmten Holzkisten.

Doch sie hatte zulange gezögert. Prue spürte, wie die Faust des Zombies gegen ihre Schläfe krachte. Dann wurde es Nacht.

Mit einem unbehaglichen Gefühl schaute Piper auf die von blauem Neonlicht angestrahlte Uhr, die über der Bar hing.

Mehr als zehn Minuten waren vergangen, seitdem Prue zur Damentoilette gegangen war. Sie hätte längst zurück sein müssen.

Was, wenn Prue schon längst wieder in den Club zurückgekommen war und sie Piper aus irgendeinem Grund nicht gesehen hatte? In diesem Tollhaus war das absolut möglich. Wenn Prue nun aber auf der Suche nach ihr durch den Laden wanderte, war es gewiss das Beste, wenn sie genau da blieb, wo sie laut ihrer vorherigen Aussage auch sein würde.

Andererseits – was, wenn Prue auf der Damentoilette in Schwierigkeiten geraten war? Die Leute hier machten einen ziemlich üblen Eindruck.

Nachdem sie eine Weile überlegt hatte, stellte Piper ihre volle Bierflasche auf einem in der Nähe stehenden Tisch ab. Sie hatte die Flasche vorhin zwar an die Lippen gesetzt, aber nichts getrunken, da sie Bier nicht sonderlich mochte. Sie ging durch die Tür in Richtung Damentoilette und fand sich in einer langgezogenen Diele wieder.

Als sie an ein paar Clubbesuchern vorbeikam, überlegte sie kurz, ob sie sie fragen sollte, ob sie vielleicht Prue gesehen hatten. Aber die Leute schienen alle in ihrer eigenen Welt zu leben, in der sie lieber Partys feierten und sich die Nächte um die Ohren schlugen, als dass sie davon Wind bekommen wollten, dass eine riesige Gefahr in ihrer Mitte lauerte.

Piper huschte zu der Tür mit der Aufschrift »Damen« und öffnete sie. Drinnen fand sie eine Schlange junger Frauen vor, die darauf warteten, dass eine der Kabinen frei wurde.

»Hey, hinten anstellen!«

»Kommst schon auch noch dran!«

Piper ignorierte die wütenden Zurufe und lief zu den Kabinen. Sie hockte sich auf den Boden, um die Schuhe der jeweiligen Insassinnen sehen zu können. Prue hatte weiße Tennisschuhe getragen. Hier konnte sie lediglich Stilettoabsätze, rosa Pfennigabsätze aus Leder und einfache Schnürschuhe erkennen.

»Was machst du da? Stell dich gefälligst hinten an«, befahl eine barsche Stimme hinter ihr.

Piper drehte sich um und sah sich zwei tätowierten Frauen gegenüber, die sie wütend anfunkelten.

Sie hatte keine Ahnung, welche von beiden sie so angegrummelt hatte, aber es war klar, dass beide bereit waren, eine Prügelei anzufangen.

»Oh, ich muss nicht ...« Piper räusperte sich.

Die Frauen traten einen bedrohlichen Schritt näher.

»Seht mal, ich habe nur nach meiner Schwester gesucht«, erklärte Piper schnell. »Sie ist hier reingegangen. Ihr habt sie nicht zufällig gesehen, oder?«

Sie lieferte eine kurze Beschreibung von Prue und drehte sich dabei so hin, dass sie ihre Worte an alle anwesenden Frauen richtete.

Ihr wurde klar, dass das reine Zeitverschwendung war. Niemand hörte ihr auch nur zu – und von Prue gab es hier auch keine Spur.

Mit klopfendem Herzen ging sie aus der Damentoilette hinaus. Gerade, als sie wieder den Weg zur Bar einschlagen wollte, fiel ihr die Ausgangstür auf.

Sie zögerte einen Augenblick, bevor sie die Tür aufstieß.

Vor ihr lag eine verlassene Gasse. Sie musterte die geparkten Autos, die Mülleimer und die aufgetürmten Holzkisten.

Prue wäre nicht ohne mich gegangen, sagte sie zu sich selbst. Sie war zu klug, zu verantwortungsbewusst, um irgendetwas anderes getan zu haben, als zu den Toiletten zu gehen und dann wieder zu Piper zurückzukehren.

Nur, wo war sie dann?

Piper schloss die Tür wieder und ging die Diele entlang zurück zum Club. »Da war es nur noch eine«, murmelte sie leise. Ihr lief ein Schauer über den Rücken, als ihr der Satz über die Lippen ging.

Piper verbrachte die nächste Stunde damit, den Club nach Prue abzusuchen. Als sich die Suche als erfolglos erwies, sah sie nach, ob Andre hinter der Theke stand, sodass sie ihn fragen konnte, ob er Prue gesehen hatte – oder vielleicht auch Phoebe. Aber sie konnte ihn nirgends entdecken.

Schließlich verließ Piper den Club wieder. Sie fühlte sich schrecklich allein gelassen. Nun blieb ihr nichts anderes übrig, als zu Gabrielles Wohnung zu gehen.

Und wenn da auch niemand ist?, fragte eine Stimme in ihrem Kopf.

Wohin gehst du dann?

Jemand packte sie von hinten und drehte sie herum.

Piper schrie auf und verkrallte sich blindlings in die starken Arme, die sie festhielten.

Eine leicht amüsierte Stimme erklang. »Was ist los, Baby? Stehst du nicht auf Tanzen?«

Um sie herum brach man in schallendes Gelächter aus. Piper öffnete ihre Augen und sah ein angeheitertes, unbekanntes Gesicht vor sich, das sie angaffte. Ihr wurde klar, dass es sich nur um einen Betrunkenen und eine Horde ebenfalls betrunkener Saufkumpane handelte. Sie befreite sich angewidert aus seinem Griff.

Die Saufbrüder schwankten fröhlich singend in die nächste Bar. Piper wurde sich der vorbeiziehenden, bizarr vermummten Szenerie bewusst, deren karnevalartige Atmosphäre ihr mit jedem Schritt mehr und mehr auf groteske Weise gestört vorkam. Die Leute schienen ihr aus den Fenstern, an denen sie vorbeiging, nachzuschielen und sie mit Grimassen zu verspotten.

Mehr als einmal glaubte sie, Phoebe oder Prue in der Menge erkannt zu haben. Jedes Mal fing ihr Herz an zu rasen und sie stutzte, und stets war die Enttäuschung groß, wenn sie in das Gesicht einer Fremden blickte.

Als sie schließlich in die ruhige Seitenstraße einbog, in der Gabrielles Wohnung lag, liefen ihr Tränen über die Wangen. War ihren Schwestern ein grausames Schicksal widerfahren und trug sie die Schuld daran, weil sie ihnen nicht hatte helfen können?

Nur wenige Schritte von Gabrielles Haustür entfernt legte sich eine Hand auf ihre Schulter.

Piper wirbelte herum und erwartete einen weiteren Trunkenbold, der sie anbaggern wollte, aber sie blickte in ein vertrautes Gesicht. Piper musste vor Schreck Luft holen. »Randy!«

Vor ihr stand der Gärtner der Montagues.

Pipers Puls fing an zu rasen. Was tat er denn hier?

Sie war sich nicht sicher, ob sie sich freuen oder Angst haben sollte. Der Reptilienfachmann konnte mit Leichtigkeit zu dem seltsamen Kult vom Bayou gehören.

»Piper, ich bin so froh, dass ich dich gefunden habe. Deine Schwester steckt in Schwierigkeiten.«

»Phoebe?«

»Sie und Prue – beide.«

»Woher willst du das wissen?«, fragte Piper. Sie wich seinem Blick aus und überlegte. Das konnte er nur wissen, wenn er ihr gefolgt war ... oder wenn er etwas mit dem zu tun hatte, was mit Phoebe und Prue geschehen war.

Randy klang gehetzt. »Du musst mir vertrauen. Ich bin hier, um dir zu helfen.«

»Warum sollte ich dir glauben? Bist du uns gefolgt?«

»Ja«, gab Randy mit einem Kopfnicken zu. »Aber ich schwöre, das tat ich nur zu eurem Besten. Ich versuche, euch zu helfen, Piper. Das musst du mir glauben.«

»Dann sag mir die Wahrheit. Steckst du mit Yvonne unter einer Decke?«

»Ja.« Randy antwortete, ohne zu zögern.

Piper wollte entsetzt fliehen. Sie drehte sich um und lief auf Gabrielles Haus zu, aber Randy griff mit seinem muskulösen Arm nach ihr und zog sie wieder zurück.

Obwohl Piper sich nach Kräften wehrte und sie wie von Sinnen zappelte, blieb Randys Gesichtsausdruck vollkommen ruhig. »Piper. Es gibt eine Menge Dinge, von denen ich dir nicht erzählt habe, und das tut mir Leid. Aber uns bleibt nicht mehr viel Zeit. Wir müssen zurück zur Plantage.«

»Warum?« Die Angst in ihrer Stimme war nicht zu überhören. »Damit du mich an die *Petro loa* verfüttern kannst?« Sie zitterte am ganzen Körper, weil sie nicht sicher war, ob Randy ihr Leben nun retten oder beenden wollte.

»Nein.« Er sah sie mit ernstem Gesichtsausdruck an. »Es ist wahr, ich übe Voodoo aus. Aber ich bete die *Rada loa* an.« Er ließ ihren Arm los. »Gabrielle und Andre sind diejenigen, die deine Schwestern und Helene haben. Sie sind der Grund dafür, dass drei Leben in Gefahr sind.«

Piper starrte ihn ungläubig an. »Das ergibt doch keinen Sinn. Warum sollte Gabrielle ihrer eigenen Schwester weh tun?«

»Weil sie lügt, sobald sie nur den Mund aufmacht.« In seiner Stimme schwang eine gehörige Portion Wut mit. »Und weil sie ein *angajan* an einen *Petro loa* bindet, der nach menschlichen Opfern verlangt.« Seine Stimme klang nun wieder milder. »Piper, bitte. Ich weiß, dass auch du Kräfte besitzt. Nur wenn wir unsere Kräfte vereinen, können wir deine Schwestern retten. Wir müssen zusammenarbeiten.«

Er öffnete die Tür seines Wagens, der neben ihnen auf dem Bürgersteig geparkt stand. Piper zauderte. Sie war sich nicht sicher und hatte Angst.

Er wiederholte seine Worte. »Piper, bitte.« Zu ihrer großen Überraschung konnte sie sehen, dass Randys Kinn zitterte, fast so, als stünde er kurz davor zu weinen. »Ich bin bei meiner eigenen Schwester zu spät gekommen. Lass mich nun deinen helfen.«

Inmitten der Finsternis wurde Prue langsam ein rauher Schmerz bewusst, der in ihrem Schädel war.

Als sie die Augen öffnete, blickte sie direkt in ein blendend helles Licht, sodass sie die Augen schnell wieder zumachte. Sie lag auf dem Bauch und ihre Wangen drückten gegen etwas Hartes und Klammes. Sie holte Luft und inhalierte das vertraute Aroma von Schlamm und Algen. Grillen zirpten im Verborgenen und Vögel sangen in der Nacht. Prue war sofort klar, wo sie sich befand – im Bayou.

Ihre Gedanken drifteten unscharf und zusammenhangslos, und sie versuchte zu verstehen, wie sie hierher gekommen war. Sie hatte eine verschwommene Erinnerung daran, dass sie mit Piper im Club gewesen war. Dann war sie in eine Gasse gestolpert und Helene hatte sie angegriffen ... ebenso wie Phoebe!

Sie zwang sich, erneut die Augen zu öffnen und ins Licht zu sehen. Es stammte von einem Feuer, das in wenigen Metern Entfernung brannte. Sie drehte ihren Kopf ein wenig und erkannte, dass sie sich in einer Art Gebilde befand. Unter ihr lag der morastige Sumpfboden, der ihre Kleider durchnässte. Über ihr befand sich ein Strohdach, das an langen Pfeilern an den Ecken und in der Mitte im Erdboden befestigt war.

Ein *oum'phor*, schoss es ihr durch den Kopf. Dies war ein Voodootempel, derselbe, den sie und ihre Schwestern gesehen hatten, als sie Helene suchten.

Eine Peitsche baumelte am mittleren Pfeiler, der in hellen Farben bemalt worden war. Am unteren Ende des Pfeilers war eine weite kreisförmige Fläche zementiert worden. Prue konnte sehen, dass sie mit etwas befleckt war, das nach Rost aussah ... oder war es Blut? Prue erkannte, dass die Zementfläche als Altar fungierte. Dort wurden die Opferungen vollzogen. Vielleicht wurden dort auch Menschen getötet.

Um sie herum kam plötzlich Bewegung auf. Sie drehte ihren Kopf, um zu sehen, was die Bewegung verursachte. Sofort ließ sie der stechende Kopfschmerz zusammenzucken. Sie merkte, dass sie nicht gefesselt war. Aber ihre rasenden Kopfschmerzen verhinderten jede Bewegung. Prue erinnerte sich an den schweren Kopftreffer, den Helene beim Kampf in der Gasse gelandet hatte. Darum tat ihr der Kopf wohl auch so sehr weh – und deshalb war sie auch ohnmächtig gewesen.

Ein Haufen Stöcke versperrte ihr die Sicht.

Sie konzentrierte sich auf die Stöcke und versuchte, sie mit ihren Kräften zu bewegen.

Nichts tat sich.

Sie versuchte es erneut.

Immer noch nichts.

Ihre Kräfte ließen sie im Stich.

Ihr lief es eiskalt über den Rücken, als ihr klar wurde, dass sie hilflos war. Das Bier, das sie im Club getrunken hatte, musste vergiftet gewesen sein. Das war die einzige logische Erklärung.

Prue wand sich vor Schmerzen und rollte auf dem Boden hin und her, bis ihr die Stöcke nicht mehr die Sicht versperrten. Sie strengte sich an, die Gestalten zu erkennen, die sich vor ihr bewegten.

Als sie Helene und Phoebe erkannte, zog sich ihr Magen mit einem nervösen Knurren zusammen. Die Augen der beiden Untoten waren so leer wie vorhin, und ihre Bewegungen waren noch immer monoton und abgehackt. Sie säuberten ein bestimmtes, unter dem *oum'phor* liegendes Stück Boden von allem Unrat.

Dann tauchten zwei andere Gestalten auf, die Prue den Rücken zuwandten. Sie trugen beide rote Masken und Roben. Einer von ihnen, der Größere, hielt einen langen Stock in den Händen, mit dem er anfing, etwas in den gesäuberten Untergrund zu schreiben. Anhand seiner Bewegungen konnte Prue erkennen, dass es sich bei dem Geschiebenen um ein *vèvè* handelte, um das Symbol der *Petro loa*.

Sie erinnerte sich an das Symbol, das sie auf dem Spiegel in Helenes Apartment gesehen hatte – die ineinander übergehenden Dreiecke und die durcheinander wirbelnden Linien, die von einem Kreis umgeben waren. Gabrielle hatte gesagt, das Symbol stünde für Zdenek, den *loa* der Menschenopfer. War dies dasselbe Symbol? Sie musste es herausfinden.

Prue strengte sich an, das Symbol genauer zu erkennen, aber ihre Sicht war schon wieder versperrt. Diesmal von der etwas kleinen Gestalt.

Die Art, wie sich diese Person bewegte, kam Prue irgendwie bekannt vor.

Das ist eine Frau, wurde ihr klar. Sie versuchte, sich auf ihre Gedanken zu konzentrieren, aber die Kopfschmerzen waren zu überwältigend. Es war ihr fast nicht möglich, einen klaren Gedanken zu fassen.

Die vermummte Gestalt ... wer war sie?

Prue versuchte krampfhaft sich zu erinnern, wer diese Gestalt war, um endlich die Zusammenhänge zu begreifen.

»Yvonne«, krächzte sie möglichst laut, nachdem sie glaubte, die Person erkannt zu haben. »Warum tun Sie das mir und meinen Schwestern an?«

Die Gestalt hielt kurz inne und drehte sich dann zu Prue um. Sie zog die Maske vom Gesicht.

»Gabrielle?« Prue atmete entsetzt aus. Voller Verwirrung und benommen schüttelte sie ihren Kopf, um wieder zu Sinnen zu kommen. Die Bewegung jagte ihr erneut eine Welle unerträglicher Schmerzen durch den Körper.

Die größere Gestalt wandte sich ihr zu und zog sich nun ebenfalls die Maske vom Gesicht. Unter dem roten Stoff kamen Andres vertraute dunkle Augen zum Vorschein.

Prue sah zu, wie sich Gabrielles sanftmütige Gesichtszüge in eine hässliche, hassverzerrte Fratze verwandelten. »Du warst es«, flüsterte Prue. Plötzlich war ihr alles glasklar. »Du warst diejenige, die ein *angajan* an die *Petro loa* bindet. Nicht deine Schwester. Du hast gelogen ... bei Helene ... bei allem.«

Gabrielle nickte leicht amüsiert. »Und du hast mir bereitwillig geglaubt. Du hast wirklich gedacht, ich würde versuchen, Helene zu helfen, obwohl sie es doch eigentlich war, die mir helfen wollte. Sie wollte mich aus der *secret sociéte* herausholen. Und sie ist uns auch dicht auf den Fersen gewesen – dicht genug, um uns auffliegen zu lassen. Deshalb musste ich so dringend nach San Francisco. Weil Andre mir sagte, dass Helene das mit uns herausfinden würde.« Prue bemerkte den Blick, den Gabrielle und Andre austauschten. Ihr wurde sofort klar, was hier los war. »Also seid ihr beiden ...«

»Wir geben doch ein nettes Paar ab, findest du nicht?« Gabrielle lachte. »Erinnerst du dich an unsere Unterhaltung über meine arme Schwester, die ihr im Museum belauscht habt? Das war nur ein Köder, *Cher*. Und ihr habt jedes Wort geglaubt.«

Prue konnte es noch immer nicht fassen. »Aber du und Andre?«

»Du hast doch nicht wirklich geglaubt, dass er dieses kleine Mädchen mir vorziehen würde, oder?« Gabrielle deutete auf Helene.

»Aber ihr seid Schwestern, Gabrielle. Wie konntest du ihr nur wehtun? Und warum hast du sie in eine Untote verwandelt?«

Gabrielle zuckte achtlos mit den Schultern. »Ich musste sie aufhalten. Aber dann seid ihr mir am Flughafen in die Quere gekommen.«

»Aber ..., fing Prue an.

»Still jetzt!«, schrie Gabrielle auf. Sie trat Prue mit der Spitze ihres Stiefels in den Magen. Eine weitere Woge grausamen Schmerzes jagte durch Prues Körper.

Sie hustete und versuchte, wieder zu Atem zu kommen. Ihr Blick fiel auf das *vèvè*, das Andre auf den Boden gemalt hatte. Mit gerunzelter Stirn studierte sie es. Gabrielle sprach weiter, in einem unheimlichen Plauderton, als würde sie ein Kaffeekränzchen abhalten.

»Zdenek benötigt menschliches Blut, um ihn weiterhin zufrieden zu stellen. Als ihr drei kleinen Hexchen mir am Flughafen einen Strich durch die Rechnung gemacht habt, wurde mir klar, dass ihr die perfekten Opfer seid, um Zdenek bei der Stange zu halten. Schließlich stehe ich in seiner Schuld. Ich habe ihn vor einiger Zeit herbeigerufen, um ein anderes Hindernis zu bewältigen, das zwischen mir und Andre stand.«

»Was für ein Hindernis?«

»Ihr Name war Caroline oder so ähnlich.« Gabrielle machte eine wegwerfende Handbewegung.

Prue erschauerte. Konnte Gabrielle wirklich so beiläufig töten?

»Und nun sind, dank Zdenek und den Montagues, nur noch Andre und ich übrig.« Gabrielle lächelte triumphierend.

Prue blickte in die blauen Augen, die sie so gründlich getäuscht hatten. »Was ist mit den Montagues?«

»Kane und Daphne?« Gabrielle lächelte nun verschlagen. »Ich wusste, dass sie euch solange in Sicherheit wiegen würden, bis ich euch brauchen würde. Ich bezahle ihnen ein hübsches Sümmchen, damit sie über all meine Opfergaben den Mantel des Schweigens ausbreiten. Und es war so leicht für sie, Phoebe das Gift zu verabreichen.«

Prue erinnerte sich an Phoebes immer schlimmer werdende Krankheit. »Sie haben Phoebe vergiftet? Wann? Wie? Und warum?«

»Stück für Stück. In ihrer Nahrung, in ihren Getränken. Um euch zu schwächen, sodass ihr abgelenkt seid. Ist die Fragestunde jetzt vorbei?«

Entsetzt versuchte Prue das Gehörte zu verarbeiten. Kane und Daphne gehörten auch zur *secret sociéte*. Von Yvonne und Randy ganz zu schweigen. Prue war angewidert. Waren sie und ihre Schwestern zu unaufmerksam gewesen, um zu bemerken, dass um sie herum das Böse sein hässliches Haupt erhob?

»Siehst du?« Gabrielle deutete auf den Kreis aus Zement. »Dort wirst du Zdenek geopfert. Du wirst eine exzellente Vorspeise darstellen, Prue. Und dann werden Phoebe und Helene den Hauptgang abgeben.«

Sie sprach nicht weiter, sondern blickte auf einen Punkt, der sich hinter Prue befand. Ihre Lippen verzogen sich zu einem kalten, grausamen Lächeln. »Sieh mal einer an. Da kommt der Nachtisch.«

Prues Herz hämmerte vor Furcht. Sie wusste, dass das nur eins bedeuten konnte: Piper. Piper war gekommen, um sie zu retten. Und nun würde auch sie Gabrielle in die blutverschmierten Hände fallen.

12

Piper warf Randy einen kurzen Seitenblick zu, den er zuversichtlich nickend beantwortete.

Sie kauerte hinter einem Gebüsch am Rande der Lichtung und spähte hinüber zu dem seltsamen Aufbau, der nur wenige Meter von ihr entfernt stand. Der Voodootempel kam ihr im Vergleich zu jener Nacht, in der Phoebe verschwand, verändert vor. Der Aufbau selbst schien vor Energie förmlich zu vibrieren – vor negativer Energie wohlgemerkt. Der Tempel schien lebendig zu sein und wirkte auf sie viel gefährlicher als beim letzten Mal.

Sie konnte die Gestalten von Phoebe und Helene erkennen, die sich am Rande des Aufbaus aufhielten. Die beiden standen so steif und ungelenk da, dass sie ganz offensichtlich immer noch Zombies waren. Links von den beiden Untoten konnte sie Gabrielle ausmachen, die sich über Prues zusammengekrümmten Körper beugte. Piper glaubte gesehen zu haben, wie Prue sich bewegte, aber sie war sich nicht sicher.

Bitte lass sie am Leben sein, flehte sie.

Gabrielle ging auf eine männliche Gestalt zu. »Andre«, kommentierte Randy im Flüsterton. Piper nickte. Er und Gabrielle unterhielten sich vertraulich.Das war wenigstens ein Beweis, dass Randy die Wahrheit gesagt hatte. Andre und Gabrielle waren tatsächlich verbündet.

Aber Piper war sich immer noch nicht sicher, ob Randy ihr und ihren Schwestern helfen wollte. Vielleicht arbeitete er letzten Endes doch für Andre und Gabrielle. Anstatt Phoebe und Prue zu retten, konnte er sie auch hierher geführt haben, damit sie gemeinsam mit ihren Schwestern getötet wurde.

Oder er war wirklichlich ein guter Hexer, ein Diener der *Rada loa*, wie er von sich behauptete. Der hier war, um ihren Schwestern zu helfen. Wie auch immer, Piper wusste, dass sie etwas unternehmen musste, um Phoebe und Prue aus der gefährlichen Lage zu befreien. Wenn ihr Plan fehlschlug, musste sie schnell auf Plan B zurückgreifen.

Piper sah, wie Gabrielle etwas aus einer der Taschen in ihrer Robe zog. Der Gegenstand schimmerte im Licht des Feuers. Piper musste schlucken, als sie erkannte, was es war. Ein großer Dolch.

»Es ist Zeit, Piper!«, zischte ihr Randy zu. »Jetzt!«

Piper sprang aus den Schatten und hob ihre Arme in die Höhe. In der Sekunde, in der sich Gabrielle und Andre zu ihr umdrehten, fror Piper die Zeit ein.

In dem *oum'phor* herrschte Stille und Bewegungslosigkeit.

Piper drehte sich zu Randy um und sah ihn fragend an.

Er nahm ihren Arm und setzte sich in Bewegung. »Los jetzt!«

Piper starrte ihn an. Randy war von den Auswirkungen des Zeiteffekts nicht betroffen. Das hieß, er musste ihr die Wahrheit gesagt haben – er war ein guter Hexer. Sie gab einen erleichterten Schnaufer von sich.

Sie liefen rasch zu dem Aufbau hinüber.

»Piper!«, rief Prue mit schwacher Stimme.

»Ich bin schon da, Prue!«, rief sie zurück. Dann blieb Piper plötzlich stehen.

Eine andere Gestalt war hinter den Bäumen hervorgetreten. Jemand, der wie Randy nicht von dem Zeitzauber betroffen war. Yvonne.

»Was macht ihr beiden denn hier?«, wandte Prue sich an Randy und Yvonne. Sie spuckte jede Silbe mit Verachtung aus. »Wolltet ihr euch das Schlemmermahl nicht entgehen lassen?«

»Wir sind hier, um euch zu helfen.« Randy lief zu Prue hinüber.

»Ich habe es Piper bereits erklärt. Yvonne und ich arbeiten zusammen.«

»Und woran, wenn man fragen darf? Daran, uns zu vernichten?« Prue wischte Randys Arm weg, als er ihr auf die Beine helfen wollte.

»Nein, Prue. Du liegst völlig falsch«, erklärte Piper. Sie umarmte ihre Schwester und gab ihr einen überglücklichen Schmatzer auf die Wange.

»Meine Schwester Caroline verschwand vor fast einem Jahr«, erklärte Randy.

»Caroline?« wiederholte Prue. Sie runzelte die Stirn.

Randy nickte. »Sie ging damals mit Andre aus. Ich habe schon zu jener Zeit vermutet, dass er in einer *secret sociéte* aktiv ist. Aber Caroline war jung und dickköpfig. Sie wollte mir, dem älteren Bruder, nicht zuhören.« Seine Stimme erstarb. »Ihr Körper wurde nie gefunden. Aber ich weiß, dass Andre und Gabrielle ihr etwas angetan haben. Hier in den Bayous.«

»Caroline Claudel.« Prue nickte. »Gabrielle hat mir vorhin von ihr erzählt. Sie und Andre sind für das verantwortlich, was mit ihr geschehen ist, Randy. Sie haben sie als ... Hindernis angesehen. Es tut mir so Leid.«

Piper nahm seine Hand. »Mir auch, Randy.« Die Berührung jagte ihr eine Gänsehaut über den Rücken, aber dann fiel ihr der Zeitzauber wieder ein. Sie hatte keine Ahnung, wie lange er noch anhalten würde. »Was machen wir mit Phoebe«, fragte sie. »Und Helene?«

Randy deute mit einer Kopfbewegung in Yvonnes Richtung. »Da kommt Yvonne ins Spiel. Sie ist eine Heilerin. Ihre Kräfte sind ... wirklich erstaunlich.«

Prue wandte sich an die Köchin. Sie hielt sich an Piper fest und fragte mit brüchiger Stimme: »Glauben Sie, dass Sie Phoebe heilen können?«

»Vielleicht, *Cher*, obwohl ich noch nie zuvor versucht habe, einem Zombie die Lebensenergie wiederzugeben.« Die alte Frau ging langsam am Feuer vorbei, dessen Flammen an Ort und Stelle in dem Moment eingefroren waren. Sie passierte die bewegungslosen Körper von Gabrielle und Andre.

Piper und Prue tauschten einen Blick aus. Piper wusste, dass sie beide dasselbe dachten. Der Zeitzauber konnte jeden Augenblick vergehen.

Mach schnell, Yvonne, flehte Piper in Gedanken.

Sie sahen zu, wie Yvonne um Phoebe herum ging.

Einmal.

Zweimal.

Beim dritten Mal hob sie ihre Hände empor und fing an, in Patois eine Melodie zu singen.

Piper sah erstaunt zu, wie Yvonne in ihre Tasche griff und einen kleinen Sack ans Tageslicht beförderte. Während sie den Beutel in das Licht des Feuers hielt, flüsterte Piper Randy zu: »Was ist das?«

Er antwortete leise. »Salz. Seine reinigende Wirkung ist unglaublich. Yvonne hat es benutzt, um das Gift aus ihren Körpern zu vertreiben.«

Yvonne goss sich einen kleinen Haufen der weißen Kristalle in ihre Hand. Dann hielt sie die Innenfläche dicht vor Phoebes Gesicht und blies ihr das Salz ins Antlitz. Anschließend stimmte sie erneut den Gesang an und formte mit dem Salz Symbole auf dem morastigen Untergrund.

Langsam ging ein Zittern durch Phoebes Augenlider.

Piper seufzte erleichtert, als Phoebe erst blinzelte und dann sie und Prue mit einem verwirrten Gesichtsausdruck ansah.

»Phoebe!«, quietschte sie glücklich.

Sie und Prue rannten zu ihr hinüber und drückten sie so heftig und ausgiebig, dass sie sie beinahe zu Boden gerissen hätten.

»Was ... was ist denn hier los?«, fragte Phoebe noch sichtlich benommen.

Piper wandte sich der alten Heilerin zu. »Oh, Yvonne. Wie können wir das je wieder gutmachen?«

Yvonne beugte sich vornüber, und nun fiel Piper erst auf, wie zerbrechlich die Heilerin trotz ihrer magischen Fähigkeiten doch war.

Randy lief zu ihr und legte seinen Arm um die alte Frau. »Das hat sie vollkommen ausgelaugt. Wir müssen von hier verschwinden, bevor Pipers Zauberspruch vergeht.« Er führte Yvonne und Helen bereits von der Opferstätte fort.

Piper griff nach den Armen ihrer Schwestern, um die beiden von diesem grausigen Ort zu bringen. Sie wankten vor Schwäche. Das Erlebte hatte sie schwer mitgenommen. »Beeilt euch!«, trieb Piper die beiden an.

Gerade als sie sich durch die tief hängenden Äste kämpften, die die Grenze zur Lichtung darstellten, spürte Piper, wie der Zeitzauber endete. Sie konnte hören, wie sich Gabrielle und Andre anschrien, voller Wut darüber, dass ihnen ihre Gefangenen entwischt waren.

Yvonne lehnte sich gegen den Stamm einer Eiche. »Wir müssen sie aufhalten«, erklärte sie. Sie griff in ihre Tasche, wühlte einen Moment lang darin herum, und überreichte Prue dann etwas, das nach einem gelben Bogen aus Pergament aussah.

»Was ist das?«, fragte Piper, die ihrer Schwester über die Schulter guckte.

»Die Worte, die dort geschrieben stehen, gebieten über einen uralten Zauber«, entgegnete Yvonne. »Ihr müsst den Namen des *loa* am Ende der Worte aussprechen.«

»Und das wird Gabrielle und Andre aufhalten?« Piper klang skeptisch.

»Das wird weit mehr tun, als sie nur aufzuhalten. Dieser Zauber wird den *Petro loa* verbannen. Aber er bedarf beträchtlicher Kraft.« Sie seufzte. »Ich bin nicht stark genug. Nicht nach der Heilung. Aber ihr Drei ... vielleicht seid ihr in der Lage, Zdenek ein für alle Mal zu vertreiben.«

»Ohne den bösen *loa* können uns Gabrielle und Andre nichts anhaben – oder irgendwem sonst«, fügte Helene zu.

»Sie hat Recht.« Randy lächelte grimmig. »Wollen wir es also angehen?«

Die Schwestern nickten.

Randys Lächeln wurde noch grimmiger. »Dann auf in die Schlacht.«

»Pst ... hört doch!«, warnte Yvonne.

Ein Singsang drang an Pipers Ohren.

Sie drehte sich um und sah, wie Gabrielle und Andre mit erhobenen Armen und in den Nacken geworfenen Köpfen nah am Feuer im *oum'phor* standen.

Die meisten Worte, die diesen fremdartigen, in hoher Stimmlage gesungenen Zauberspruch ausmachten, waren

Piper unverständlich. Plötzlich ließ ein eisiger Wind die Baumkronen erbeben.

Der Wind gewann beständig an Intensität und heulte um alle Ecken. Piper fröstelte wegen der plötzlichen Kälte. Der Himmel war schwarz geworden und der Mond wurde nunmehr von einer undurchdringlichen Wolkenschar verdeckt.

»Oh Gott, seht nur!« Phoebe zeigte mit offenem Mund zum Feuer.

Dort sah Piper eine gigantische schwarze Schlange, die sich vor Gabrielle und Andre in die Nacht erhob. Neben ihr sahen die Menschen wie Zwerge aus.

Piper wollte nicht glauben, was sie da sah. »Was für eine Art Schlange ist das bloß?«

»Sie ... sie sieht aus wie die Kreatur aus meiner Vision«, berichtete Phoebe. »Die, in der die Schlange das Mädchen gefressen hat.«

»Das ist keine Schlange. Das ist ein *loa*«, sagte Randy, während sich das monströse Geschöpf in ihre Richtung wandte. Seine Augen waren zwei hasserfüllte Flammen. Tödliche Fangzähne klafften aus seinem Maul. Piper hatte noch nie etwas so abgrundtief Böses gesehen.

»Es hat uns gesehen«, rief Yvonne aus. »Das ist der Moment. Ihr müsst eure Kräfte jetzt einsetzen, wenn wir hier mit heiler Haut herauskommen wollen.«

Die drei Halliwell-Schwestern fassten sich an den Händen und traten aus dem Schatten hervor. Sie gingen langsam in Richtung des *oum'phor*.

»Die Macht der Drei«, rief Piper voller Inbrunst, um ihre Schwestern zu stählen. Sie drückten ihre Hände.

»Die Macht der Drei«, antworteten diese.

Piper sah, wie Gabrielle neben der Schlange stand und bösartig lächelte, während Andres Stimme fortfuhr, die Melodie des Bösen in den Wind zu schreien.

Prue hielt den gelben Pergamentbogen vor sich in die Höhe. Sie begann, den Zauber mit ruhiger und starker Stimme aufzusagen. Piper stimmte in die Worte mit ein, und dann auch Phoebe.

Piper konzentrierte jede Faser ihres Wesens auf das tödliche Reptil, das vor ihnen stehend in den Himmel ragte. Seine Zunge zuckte zwischen den mächtigen Kiefern hervor.

Sie kamen am Ende ihres Zaubers an und Piper wurde von einem lähmenden Entsetzen erfasst. Die alptraumhafte Schlange war nicht verschwunden. Wenn sich überhaupt etwas geändert hatte, dann war sie jetzt noch zorniger.

Der Zauber hatte versagt!

»Oh, das war wirklich beeindruckend«, lästerte Gabrielle. »Wisst ihr nicht, dass ihr der Macht eines *loa* immer unterlegen sein werdet? Er ist zu stark für euch.«

»Daran hättest du selbst denken sollen, Gabrielle.« Randy trat aus den Schatten hervor. Er hielt ein silbernes Amulett in Händen, auf dem sich das Licht des Feuers brach.

Piper erkannte die ineinander übergehenden Dreiecke und die durcheinander wirbelnden Linien, die ein Kreis umschlossen. Das war ein *vèvè*, das Zeichen von Zdenek.

Randy sah Gabrielle und Andre eine Sekunde lang voller Verachtung an und warf das Amulett in den Kreis.

Sofort wurde der Himmel über ihnen von einem sausenden Geräusch erfüllt. Piper blickt nach oben. Ein Schrei, den sie kaum als ihren erkannte, dröhnte in ihren Ohren.

Über ihr kreiste ein riesiger Geier. Seine Augen glühten in einem nicht von dieser Welt stammenden feuerroten Ton.

Erschrocken begriff Piper, dass auch Randys Zauberformel nicht der gewünschte Erfolg beschieden gewesen war. Statt dessen hatte er noch einen weiteren tödlichen *loa* auf die Szene gerufen. Das Entsetzten ergriff von Piper Kontrolle. Nun würden sie alle sterben.

13

PRUE HÖRTE EINEN SCHREI, der ihr das Blut in den Adern gefrieren ließ, als der große schwarze Geier auf sie hinunterstieß, den Schnabel weit aufgerissen.

Prue bereitete sich auf das Schlimmste vor, während die Luft von den ausgedehnten Schwingen der Kreatur aufgewirbelt wurde und in ihren Ohren heulte. Sie konnte fühlen, wie sich auf jeder Seite eine ihrer Schwestern an sie drückte. Sie nahm Pipers und Phoebes Hände ganz fest in die eigenen und wartete gemeinsam mit ihnen auf das Unvermeidliche ...

Aber das Grauen erregende Monster strich an ihr vorbei, strich an ihnen allen vorbei.

Völlig geschockt wurde ihr klar, dass der Geier außerhalb des *oum'phor* gelandet war, nur ein paar Meter von der zischenden Riesenschlange entfernt.

»Was hast du angerichtet?«, schrie Piper Randy an. »Jetzt sind es schon zwei. Gegen beide haben wir gar keine Chance mehr.«

Randy wirkte vollkommen gelassen. »Das wird auch nicht notwendig sein. Seht hin!«

»Neeeeeein!« Der verzweifelte Schrei stammte von Gabrielle. Sie fiel auf ihre Knie und streckte ihre Arme aus. »Die *loas*«, rief sie wie von Sinnen. Sie packte Andre und die beiden pressten sich aneinander, als ob sie so für die beiden Monster unsichtbar werden könnten.

»Sie haben sich gesehen.« Gabrielle war panisch. »Wir werden sterben!«

Der schwarze Geier öffnete seinen scharfen, gebogenen Schnabel und stieß einen Schrei aus, der an die Schlange gerichtet war.

Die Schlange zischte so laut sie nur konnte, und schwarzes Gift tropfte ihr aus dem offenen Maul.

»Was tun sie da?«, fragte Phoebe Prue. Ihr Blick war dabei starr auf die enormen Geschöpfe gerichtet.

»Es sieht ganz so aus, als würden sie sich gleich angreifen«, stellte Prue beinahe hypnotisiert fest.

Aber die Schlange drehte sich in eine andere Richtung. Sie glitt auf Gabrielle und Andre zu.

»Nein, Zdenek, bitte! Ich flehe dich an!«, schrie Andre verzweifelt.

Die Schlange ignorierte sein Betteln. Sie rollte sich um seine Beine, immer höher und höher, bis nur noch sein Kopf zu sehen war.

Voller Erstaunen sah Prue, wie die Schlange mit Andre in ihrem Griff verschwand.

Dann erhob sich der Geier in die Luft und flog zur vor Angst gelähmten Gabrielle. Er legte seinen immensen Schnabel um ihre Taille und hob sie in die Luft empor. Seine Flügelschläge ließen die Luft aufheulen. Die Kreatur verschwand samt Beute im aufgewirbelten Nebel.

Das Feuer, das in der Mitte des *oum'phor* gebrannt hatte, verteilte sich nun. Hungrige Flammen verzehrten die hölzernen Pfeiler und leckten an dem Strohdach. Innerhalb von nur wenigen Sekunden stand der gesamte Aufbau in Flammen.

Prue drehte sich zu Yvonne um, die nun neben ihr stand. Die alte Frau sah sie an und nickte langsam. »Nun ist es vorbei, *Cher.*«

»Aber was ist geschehen?«, wollte Piper wissen.

»Der Geier war der *Petro loa* Zdenek, nicht wahr?« Prue sah Yvonne an. »Randy hat ihn mit dem *vèvè* beschworen.«

Yvonne nickte. »Aber was war mit der Schlange?«, fragte Phoebe. »Ich dachte, das sei der *Petro loa.*«

»Das war auch ein *Petro loa*«, bestätigte Yvonne. »Derjenige, den Gabrielle und Andre beschworen, als sie das *vèvè* auf den Boden des *oum'phor* malten.«

»Aber das *vèvè* unterschied sich von dem Zdeneks!«, rief Prue aus. »Gabrielle und Andre wollten nicht Zdenek beschwören. Sie wollten einen anderen *loa* herbeirufen.«

Yvonne lächelte. »Prue hat Recht. Gabrielle hat eines der ehernen Gesetze der *secret sociétes* verletzt. Man kann nur einer Macht seine Anbetung und Unterwürfigkeit verschreiben, nicht zwei verschiedenen *loas*.«

Helene, die sich nur allmählich von dem Grauen der letzten Tage erholte, beteiligte sich mit leiser Stimme am Gespräch. »Und das hat sie das Leben gekostet. Andre auch.«

»Oh, Helene ...« Piper und Prue umarmten die junge Frau, der Tränen die Wangen hinabströmten.

Prue merkte, dass auch ihre Augen feucht waren.

Wegen der Schwester, die Helene verloren hatte.

Wegen der Schwester, die Randy verloren hatte.

Und wegen der Schwester, die sie beinahe verloren hätte.

Sie wandte sich zu Phoebe, die sich Schutz suchend an Piper gedrückt hatte.

Über Helenes Kopf hinweg formten Prues Lippen die Worte: »Ich liebe dich«. Phoebe nickte und lächelte. Mit lauter Stimme antwortete sie: »Ich liebe dich auch, Prue.«

14

»DER WAHNSINN. Ich kann es absolut nicht fassen, dass ich wirklich hier bin!«, zwitscherte Piper über die erfreuliche Geräuschkulisse von klirrendem Geschirr und vergnügter Konversation hinweg.

Prue lächelte ihre Schwester an und sah sich voller Wonne in dem eleganten, von Kerzenlicht erhellten Restaurant um. Ihr wurde klar, dass das »Remy's« für Piper wie ein privates Paradies sein musste. Geistesabwesend kratzte sie sich an einem Mosiktostich an der Wange, den sie sich im Sumpf geholt hatte.

Piper drehte sich zu Yvonne, die neben ihr an dem großen runden Tisch saß. »Ich kann immer noch nicht glauben, dass Sie Remy kennen. Ich meine, ich habe zwar gelesen, dass seine Küche von den Cajun-Köchen beeinflusst wurde, die er im Hinterland Louisianas traf, aber ich hätte nie gedacht, dass Sie einer dieser Köche sind. Wow!«

»Ich kenne Remy, seitdem er gerade mal so hoch war«, stellte die alte Frau mit einem Griff zur Tischkante fest.

»Vielen Dank, dass Sie uns einen Tisch besorgt haben, Yvonne.« Piper strahlte die Köchin wie ein Honigkuchenpferd an.

»Und diesmal müssen wir auch keine drei Stunden warten. Ist aber auch besser so, denn ich verhungere gleich,« freute sich Phoebe. Prue stellte glücklich fest, dass die Wangen ihrer Schwester wieder einen gesunden, rosigen Teint angenommen hatten.

»Ich auch.« Prue lächelte.

Sie beobachtete die Leute an den anderen Tischen und die Kellner, die mit beladenen Tabletts an ihr vorbeihuschten. Schildkrötensuppe, Etouffee, angebratener Katzenfisch, Jambalaya, Okra. Sie wollte von all dem einmal kosten, weil sie endlich Lust hatte, richtig zu feiern. Gestern hatten sie eine schöne, klassische Tour zu den Sehenswürdigkeiten von New Orleans unternommen. Ein Freund von Randy arbeitete im Sheraton-Hotel New Orleans, und als dort ein Zimmer kurzfristig frei geworden war, hatte er es ihnen zugeschanzt. Prue war noch nie in ihrem Leben so glücklich gewesen, ein normales Hotelzimmer belegen zu können. Sicher, dem Raum fehlte das Lokalkolorit des Montague-Hauses. Dafür waren die Gastgeber andererseits aber auch keine Voodooanhänger.

»Mein Magen knurrt auch schon«, stellte Piper fest, »aber ich schätze, wir sollten mit der Bestellung noch eine Weile warten.«

Prue folgte dem Blick ihrer Schwester auf die beiden gegenüberliegenden, leeren Stühle.

Phoebe schaute nachdenklich drein. »Glaubt ihr, dass sie kommen werden?«

Yvonne lächelte sie aufmunternd an. »Wenn sie überhaupt jemand dazu überreden kann, hierher zu kommen, dann ist es Randy, *Cher*. Ich habe ihn heute Nachmittag mit meinem speziellen Kräutertee zu ihr geschickt. Eine Tasse davon bringt die Gefühle wieder auf Trab.«

Prue bemerkte ein verschmitztes Lächeln, das über das Gesicht der Köchin und Magieexpertin huschte. »Führen Sie etwas im Schilde, Yvonne?«

Die alte Dame lächelte pfiffig. »Nur Gutes, mein Kind, nur Gutes. Nun seht mal, wer da kommt.«

Prue drehte sich um und sah, wie Helene und Randy das ausgebuchte Restaurant betraten. Er hatte seinen starken Arm behutsam um ihren zarten Körper gelegt, so als wollte er sie beschützen. Sie schien sich an ihn zu lehnen, und in ihrem Gesicht stand ein vertrauensvoller Ausdruck.

»Yvonne, Ihr Tee enthält nicht zufällig Verbenawurzeln?« Prue grinste.

Die alte Frau kicherte vergnügt. »Wer weiß, *Cher*. Wer weiß.«

Piper schaute verwundert aus der Wäsche. »Verbenawurzeln? Wofür sind die gut?«

»Och, die sind nur eine wichtige Zutat für einen äußerst effektiven Liebeszauber«, flüsterte Prue ihr zu. »Bedaure, Mädels, aber es sieht so aus, als wäre euer kleiner Wettstreit um Randy vorbei.« Sie stand auf, um Randy und Helene freundlich zu umarmen. Piper und Phoebe schmunzelten über Prues Witz und hießen dann Helene und Randy überschwänglich am Tisch willkommen.

»Wir sind so froh, dass du gekommen bist«, wandte Phoebe sich an Helene. »Ich weiß, dass die letzten Tage für dich sehr schwierig waren.«

Prue sah die liebenswerte junge Frau voller Mitgefühl an. Es war ein Schock für sie gewesen, als ihr die Halliwell-Schwestern die ganze Wahrheit über die Absichten ihrer Schwester verraten hatten.

Helene nickte, während sie Platz nahm. Ein Schatten huschte über ihre wunderschönen braunen Augen. Sie senkte ihren Blick einen Moment lang und schaute dann mit einem Lächeln wieder auf. »Ich wollte euch an eurem letzten Abend hier im Big Easy unbedingt noch mal sehen.«

»Und du musst uns mal in San Francisco besuchen kommen«, stellte Prue fest. Sie schwieg für einen Moment. Ein schmerzhaftes Thema anzuschneiden lag ihr fern, aber eine Frage musste sie Randy unbedingt stellen. »Was ist mit den Montagues geschehen? Konntest du sie im Hotel auftreiben?«

Randy zog eine Grimasse. »Kane und Daphne verschwanden in derselben Nacht, in der auch Andre und Gabrielle von uns gingen. Niemand hat seitdem von ihnen gehört.«

»Und so wird es auch bleiben«, verkündete Yvonne mit Gewissheit. »Es war an der Zeit, dass das Böse aus diesem Haus wich.«

Helene lächelte. »Yvonne hat Recht. Der ganze Alptraum ist nun endlich vorbei.«

»Und nun zu den Vorspeisen.« Prue war froh, dass sie das Thema wechseln konnte. »Ich glaube, unser Kellner ist endlich da.« Ein dunkelhaariger Mann in untadeliger weißer Kleidung war am Tisch erschienen.

Pipers Mund klappte auf, als sie ihn erkannte.

»Yvonne, schön dich mal wieder zu sehen, *Cher.*« Der Mann küsste die alte Frau auf beide Wangen.

»Remy, ich möchte dir ein paar Freunde vorstellen.« Yvonne stellte mit einem Zwinkern um die Augenwinkel einen nach dem anderen vor.

Piper saß da und war sprachlos. Sie konnte sich nicht rühren.

»Ich habe gehört, dass du auf mich gewartet hast?« Er sprach sie an. Remy sprach sie an.

Sie räusperte sich und fand schließlich doch noch ihre Stimme wieder.

»Seit einer Ewigkeit.«

»Und wie gefällt euch euer Aufenthalt hier in Louisiana, meine Damen? Hier in New Orleans wird es nie langweilig, nicht wahr?«

Piper, Phoebe und Prue sahen sich an.

»Nie langweilig.« Prue wiederholte seine Worte und grinste breit.

»In New Orleans wird einem ganz bestimmt nie langweilig.«

Charmed – Zauberhafte Schwestern

Torsten Dewi
Charmed – Zauberhafte Schwestern
Hexenpower
Roman

Brandon Alexander
Charmed – Zauberhafte Schwestern
Schwarze Küsse
Roman

F. Goldsborough
Charmed – Zauberhafte Schwestern
Der purpurne Fluch
Roman

Rosalind Noonan
Charmed – Zauberhafte Schwestern
Stimmen aus der Vergangenheit
Roman

Wendy Corsi Staub
Charmed – Zauberhafte Schwestern
Blutmond
Roman

vgs verlagsgesellschaft, Köln

Karin Schramm

Zauberhafte Hexensprüche

Liebe, Glück und Freundschaft

Wer kennt das nicht: Eigentlich hast du dein Leben fest im Griff. Alles wäre in schönster Ordnung, wenn es da nicht manchmal diese Situationen gäbe, in denen einfach alles wie verhext zu sein scheint. Egal, ob es um Liebe, Freundschaft, Glück oder den richtigen Look geht, hier findest du magische Zaubertipps für fast jede Gelegenheit. Überzeuge dich selbst von der großen Wirkung, die ein kleiner magischer Zauberspruch auf dich und dein Leben haben kann – und natürlich auf das Leben der Menschen, die dir etwas bedeuten. Dieses Buch liefert dir Einblicke in die Welt der Magie. Vielleicht wirst du feststellen, dass du dir schon bald ein Leben ganz ohne zauberhafte Hexensprüche gar nicht mehr vorstellen kannst …

vgs verlagsgesellschaft

www.tvspielfilm.de
Wir lesen was,
was Du nicht liest!
TV SPIELFILM holen. Nur das Beste sehen.
TV SPIELFILM
14 Tage besser fernsehen
Alle Filme mit